新 潮 文 庫

儚い羊たちの祝宴

米 澤 穂 信 著

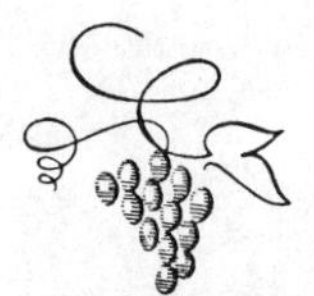

目次

儚い羊たちの祝宴

身内に不幸がありまして

〈村里夕日の手記〉

1

この手記は誰にも見られてはなりません。もし見られたら、わたしはとても生きてはいられないでしょう。

それでも、書かずにはいられないのです。永遠に誰にも届かない告白が、いまのわたしには必要です。わたしは恐い。恐ろしくてたまらない。もしやわたしが、お嬢さまの身を危うくするのではないかと思うと、とても平静ではいられないのです。

事の始まりから記します。

わたしには親がおりません。物心ついたときには、同じような境遇の子供たちに混じって、小さな孤児院におりました。そこでわたしは大切な思い出を得て、人の愛情というものを知ることができました。たいへん幸せなことであったと思います。

五歳になったとき、あるお方が、わたしを引き取りたいとおっしゃってくださいました。わたしはさして容色に優れるわけでなく、気も利かぬ子供でした。幼な心にも、なぜ自分なのかと不思議でなりませんでした。

　いまでも憶えております。わたしが初めてお嬢さまとお引き合わせいただいたのは、たいへんうららかな春の日で、名残の梅がわずかに枝を飾っておりました。お嬢さまは「あなた、名前は？」と問われました。その言葉が柔らかく、えもいわれぬ親しみがこもっていたことに、当時のわたしは戸惑いました。それでも何とか「村里夕日です」と名乗りますと、お嬢さまは「夕日ちゃん。綺麗な名前ね」と喜んでくださいました。

　わたしはこの名前が嫌いでした。夕日とは、わたしが捨てられたときの景色に過ぎないと知っていたからです。ですがこの日から、この名は、わたしに幸せを与えてくれるものとなりました。

「わたし、吹子。よろしくね」と差し出された手を握ったとき、不意に胸がつまるのを覚えました。そして、わけのわからぬ涙のうちに、吹子お嬢さまはわたしにとってもっとも大切な人になるのだと悟ったのです。

　わたしを引き取ってくださったのは、丹山因陽様でした。丹山家は上紅丹地方に大きな力を持つ家であり、衣食住から興行、賭博に至るまで、上紅丹で丹山家の息のかかっていない事業はおよそないといっていいほどです。ですがそうしたことを知ったのは、ずっと後のこと。引き取られた頃のわたしは、その屋敷の広大さにただ戸惑うばかりでした。

六歳になりますと、小学校に通わせていただけることになりました。ありがたいことだったと思います。

ですがわたしの役目は、あくまで吹子お嬢さまの身のまわりのお世話でした。学校が終わればすぐに屋敷に取って返し、お嬢さまがお帰りになる前に自分の身支度を整えます。友達などできようはずもありませんでしたが、不満はありませんでした。むしろ、お屋敷に戻ればお嬢さまと会えることを、心待ちにしていたのです。

幼い頃は家事もまともにこなせず、お屋敷の仲間にはいろいろと迷惑をかけました。少しでも早く役に立てるようになりたいと必死で仕事を覚えたものでした。ですが不思議なことです。こうして振り返っても、一向に、つらかったという憶えがありません。どれほど疲れ切っても、失敗を叱(しか)られて泣いていても、お嬢さまが一言「夕日、だいじょうぶ?」とお声をかけてくだされば、それでわたしは幸せだったのです。

もちろん、一番嬉(うれ)しかったのは、お嬢さまから直接ご用をおおせつかったときでした。

更衣のお手伝いやお部屋の掃除が主な仕事でしたが、時々はチェスや囲碁などゲームのお相手、剣道や合気道の練習相手などを務めることもありました。お嬢さまはさまざまな方面でご成長著しく、わたし程度では戯れの相手にもならないことがしばしばでした。

そして稀には、御前様にすら内緒の買い物を命ぜられることも、ありました。

首尾よく買い物を済ませ、誰にも見られないようお部屋に戻って品物を渡すと、お嬢さまはよく、「ありがとう。こんなこと、夕日にしかお願いできないから」とおっしゃいました。そんなときわたしは嬉しくて、なかなか寝つけなかったのです。

やがてお嬢さまは中学校に上がられました。

お嬢さまは普段から御前様や、お父上さまである高人様に何かをねだるということは、まずありませんでした。何もねだらなくても、お嬢さまは充分に与えられてきたのです。しかしその頃お嬢さまは、和風の自室を洋風に変えられないか、とおっしゃったそうです。

もちろん、丹山本家のお屋敷に洋室は幾間もありました。年に一度も使われないような部屋も、いくつかありました。ですが御前様はお嬢さまの願いごとを快くお聞き入れになり、改装が決まったのです。

当時、お嬢さまは既に大変な読書家でいらっしゃいました。夜などはお部屋にこもられて、文机（ふづくえ）に向かい本を一心に読んでおられました。そんなお嬢さまでしたから、改装の際に書架を増やすよう望まれたのも当然のことでした。ただお嬢さまの要求はあまりに大きく、結果としてお嬢さまの自室のみならず、二間続きの寝室までもが、まるで書斎のようになってしまったのです。

まだ空きが多い書架を前にしてお嬢さまは、「これでわたしが大人になるまで書架に困ることはないわね」とお笑いになっていました。その嬉しそうなご様子を見ているだけで、わたしまでもがなんだか、楽しい気分になるのでした。

このときも、わたしは秘密の役目をおおせつかりました。寝室の書架の一隅に、一見しただけでは見破れない秘密の場所を作るように命ぜられたのです。

お嬢さまの寝室に入ることがあるのは、お嬢さまご自身を除けばわたしと、ごく稀にお母上の軽子（かるこ）様がいらっしゃるぐらい。それなのにお嬢さまは秘密の場所を望まれたのです。わたしは、お嬢さまにも秘密があることにじんわりとした温かさを感じ、この役目を完璧（かんぺき）に果たすことを心に誓いました。

とはいえ、お嬢さまが中学一年生の頃ですから、わたしはまだ、小学の五年生でした。いかに堅く決心しようとも足りない技術が補えるものではありません。最初の隠し扉は、いかにも小学生の工作じみた稚拙なものでした。ご覧になったお嬢さまはころころと笑い、「夕日、これじゃかえって目立つわよ」とおっしゃいました。わたしは不甲斐なさに真っ赤になり、何も言えませんでした。

　雇われの使用人ならともかく、わたしに非番というものはありません。出入りの職人に教えを乞い、役目の合間にそれを鍛え、わたしは工作の技を磨きました。試行錯誤の末にようやく満足のいく隠し場所を作り上げたのは、ご下命から半年後のこと。お嬢さまは、

「よくやったわね、夕日」

と、頭を撫でてくださいました。

　わたしが作った隠し場所とは、書棚のことでした。ただの書棚ではありません。見ただけではあるとはわからず、手順を踏まなければ決して開かない秘密の書棚。お嬢さまはそこに、表の書架には置けない何冊かの本を、隠しておられたのです。いけないことだとわかっていました。しかしわたしがその書棚をこっそり開くまでに、長い時間はかかりませんでした。

　小さな書棚は、早くも八割がた、埋まっておりました。本の体裁はばらばらで、表

の書架に並んでいるような布張りの上製本があったかと思うと、高人様ならば本としてお認めにならないだろう文庫本もありました。その全て(すべ)が小説でした。わたしは物を知っている人間ではありません。ですので、何故(なぜ)隠し書棚が必要だったのか、一見して悟ることはできませんでした。それでも確かに、古今の典籍が並ぶ表の書架とは違った雰囲気があったことを憶えています。

最初の冒険が露見しなかったことで図に乗ったわたしは、それからもしばしば、お嬢さまの秘密の書棚を開きました。そこにある本は、あまり一度に増えることはありませんでした。いつしか、わたしは、それらの本を手に取り、読むようになったのです。

それらの本の多くは、読む者の胸をどきどきさせる、緊張感に満ちたものでした。それまでわたしは、想像の世界から刺激を受けるという経験をしたことがありませんでした。それだけに、没頭もまた深かったのです。

……いえ、告白の場で嘘(うそ)を書くのはやめましょう。

わたしはただ単に面白さゆえに、それらの本の虜(とりこ)となったのではありません。それが秘密の書棚の本であったから、お嬢さまの秘密であったから、人目を盗むようにして文字を追い、物語の中に我を忘れたのです。それはわたしにとって、お嬢さまと秘密を分け合う秘儀でした。秘儀は誰にも見られてはならず、そしてふるえるほどに甘いものだったのです。

並んでいた書物の一部は、いまでもはっきりと憶えています。谷崎潤一郎。志賀直哉。このあたりは表の書架にも並んでおりました。しかしいまになって思えば、木々高太郎、小酒井不木、浜尾四郎、海野十三、夢野久作、何より江戸川乱歩となりますと、やはりお嬢さまらしからぬ悪趣味であったと言わざるを得ません。それだからこそ、あの書棚は秘密であったのでしょう。翻訳のものは、あまり多くはありませんでした。かろうじてジャン・コクトーが見られるぐらいだったでしょうか。文庫では、ウィルキー・コリンズやディクスン・カーなどというものもありました。ああ、そうです、ヨハンナ・スピリの『アルプスの少女』がそこにあったのがわたしには何とも不思議で、少しだけ愉快な思いがいたしました。ただ一冊だけ挿さっていたシェイクスピアは、『マクベス』だったと記憶しています。

それらの中に、お嬢さまの命でわたしが求めた横溝正史『夜歩く』が、禍々しいような装丁で混じっておりました。それを見るとわたしは、なぜだか気恥ずかしいような、申し訳がないような気がしたものです。

この秘密の書棚の中にあって、さらに革の書皮を施された本がありました。ほとんど封印されたようになっている本は、ごく最初の頃から書棚にあったと記憶しています。秘の中にあってさらに秘されたその本だけは、わたしもさすがに、手に取ることはできませんでした。

小説を通じ、お嬢さまの秘密を覗き見る。それはわたしの幼い胸を、危ういまでにときめかせました。わたしはお嬢さまの目を盗み、果たすべき仕事さえも怠りがちになりました。毛足の深い絨毯の上にしゃがみこみ時を忘れて読み耽れば、日が落ちるのにも気がつかず、食事の仕度に間に合わなかったこともあったのです。

そして、ある日のことです。わたしは、表紙に千代紙をあしらった一冊を手に取りました。私家版だったのだろうと思います。あれは海野十三の短篇。『地獄街道』という、おぞましい題名で忘れもしません。不可思議な物語を読み終え、悪因悪果にふと思いを馳せたわたしは、短篇の最後に紙片が挟まれているのに気づきました。

お嬢さまの忘れ物だろうか。それとも、ただの栞がわりだろうか。わたしは何の気なしに、それを裏返しました。

そのときの衝撃といったら！　紙片には、線が細く流れるように美しい字で、こう書いてあったのです。

『床を異にして同じ夢を見るつもり？』

それは明らかに叱責でした。お嬢さまはとうに、わたしの浅ましい所業などお見通しだったのです。

その晩、お嬢さまのお部屋にご用伺いに向かうわたしの心境を、誰が理解してくれるでしょうか。わたしはこのとき、逃げてしまおうか、それともいっそ、お詫びに首を括ろうか、と懊悩しておりました。丹山家から受けた全てのご恩を忘れることよりも、死ぬことよりも、お嬢さまに嫌われることが恐かったのです。お屋敷の長い廊下がこのままどこまでも延びて、永遠にお嬢さまの部屋に辿り着かなければいいのにと、強く祈りました。

しかしお嬢さまは、宣告を待ちただひたすらに体を硬くするわたしに近づき、肩にそっと手を置いて、こうおっしゃったのです。

「面白いものはあったかしら」

自分がどう答えたのか、憶えておりません。ただ、お嬢さまが不思議な微笑を湛え、

「貸してあげるわ、夕日。……おじいさまには秘密ね」と一冊の本を差し出してくだ

さったことは、昨日のことのようにはっきりと憶えています。それは、あの革の書皮をかけられた本。戸惑うわたしの前で、お嬢さまはゆっくりと書皮を外しました。泉鏡花でした。

その日からしばしば、わたしはお嬢さまのお部屋で共に本を読み、勧められるままに本を自室に持ち帰り、そして時には、感想を話し合うことさえもありました。

幸せだったと思います。

もちろんお嬢さまは、美しく成長なさいました。

高校生になられたお嬢さまは、面と向かいあえばこちらが落ち着かず、横顔を盗み見れば視線だけでなく魂さえ奪われそうな気さえする、そんな美しさを備えられました。慎み深く、教養豊かで、物腰は柔らかく鷹揚として、所作の一つとして目を惹かぬところはありません。時折わたしが茫然としていると、お嬢さまは花が咲くように笑うのでした。

「どうしたのよ夕日。そんなに見ないで、恥ずかしいわ」

記紀に、その美しさが衣を通して輝くようであったという衣通姫の話があります。お嬢さまが身を清められた後などは、まさに美しさが衣を通すようにさえ、思われました。

その頃、わたしはお屋敷の一隅に個室をいただいておりました。年若ながら使用人の中では既に古株であったわたしは、他の使用人がわたしの部屋に入ることを堅く禁じました。その理由の一つは、化粧台の上に置いた写真立てにありました。

中学校の学友から秘密で手に入れた、お嬢さまの写真。初めてお会いしたときのような名残の梅の中、やさしく微笑(ほほえ)んでいらっしゃるお嬢さまのお姿。

その一葉は、どれほど恐ろしい夜の内にも、わたしの心をほっとあたためてくれたのです。

2

お嬢さまが秘密の書棚を必要とされたのには、理由があったと思います。

上紅丹で磐石(ばんじゃく)の勢力を持つ丹山家ですが、たった一つ、不幸がありました。跡継ぎに恵まれなかったことです。

吹子お嬢さまには、年の離れたお兄様がおられます。お名前を宗太(そうた)様とおっしゃいますが、この方がたいへんに不行跡だったのです。悪い人間と付き合うばかりではなくご本人も粗暴で、昂奮の挙句お嬢さまに手を上げたことも一度や二度ではありません。木刀を持ち出されたこともありましたし、一度などは、御前様の真剣を抜いたことまであったのです。

　もっとも宗太様は、生まれ持った体をただ闇雲に振りまわし、大音声を張り上げるぐらいしかなさらぬお方です。到底、お嬢さまの相手ではありません。そういう意味では、本当に危ないお方ではないと思われました。

　お嬢さまは何かの折に、

「お兄様は人を殺めかけたこともあるのよ」

と教えてくださいました。もっとも上紅丹での事件だったそうですから、難なく揉み消せたことでしょう。このぐらいの悪行でしたら、御前様もそう厳しい処置はなさらなかったはずです。

　ですが宗太様は、なにやら、丹山家の名を汚すようなことをしてしまったらしいのです。前々から、跡継ぎには宗太様ではなく吹子お嬢さまこそがふさわしいと、皆が思っておりました。そしてお嬢さまが中学にお上がりになった頃、宗太様はとうとう、勘当になりました。

　こうしてご兄弟がいなくなり、丹山家の跡継ぎはいよいよお嬢さまお一人になりました。高人様はご健在でしたが、病を得て、とても新しくお子様を作ることはできなかったのです。それだけにお嬢さまは宗太様の轍を踏まぬよう、丹山家の跡継ぎとして一分の隙もない振る舞いを求められたのです。

ただでさえ、宗太様の不始末を良い潮として、お嬢さまの大叔母に当たられる大旗神代様、伯母に当たられる満美子様などが、何かにつけてお嬢さまをいじめておりました。

御前様はお嬢さまに婿を取らせ丹山家を継がせるお心積もりでしたが、神代様や満美子様は、自分の孫や息子に継がせたくてたまらなかったようなのです。お嬢さまが無理難題をふっかけられるのを、わたしは本当に悔しく思っておりました。そして実際、お嬢さまの地位は万全とは言えなかったのです。もし何かあればお嬢さまも、「あの宗太の妹らしいことよ」と言われ、御前様の鶴の一声でお屋敷を追われかねませんでした。また、そこまではいかずとも、あまり甘く見られては丹山家の将来に影を落としましょう。

だからお嬢さまは身を慎まねばならなかったのです。人前で油断することは決して許されなかったのです。立ち居振る舞いはもちろん、その趣味性向に至るまで、神代様や満美子様や、いまは丹山家の力に逆らえないでいる面従腹背の徒などに、ほんのわずかでも弱みを見せてはならなかったのです。お嬢さまはご自分のお立場を完全に理解し、それに沿った言動を実践なさいました。

　それはお屋敷の中だけに限りません。学校においてでさえ、お嬢さまの振る舞いは丹山家の将来を担(にな)うにふさわしいものでした。というのは決して、偉ぶることではありません。むしろその逆と言えるでしょう。適度な気さくさ、適度な柔らかさ。義理は絶対に欠かすことなく、縁のある集まりにはよく参席し、人々に「ああ、丹山吹子が来てくれていた」という満足感を与え続けていました。あるいはそれは、将来の社交を見越しての布石ですらあったのかもしれません。

　お嬢さまは、わたしなどには想像もつかない超人的な克己心をお持ちなのです。口さがない人々がどれほどお嬢さまの粗(あら)を探しても、せいぜいが「年の割に可愛(かわい)げがない」というぐらいしか、言えることはありませんでした。

　秘密の書棚が必要だったのは、こういうわけだったのだと思います。……お嬢さまは、自分の書架にエラリイ・クイーン『十日間の不思議』があることを、知られるわけにはいかなかったのでしょう。

　神代様たちの意地悪も、幸いなことに、長くは続きませんでした。お嬢さまが高校に上がられた頃には、その気品は到底冒(おか)しがたいものになっていたからです。さしもったのでしょう。

の神代様たちも、あのお嬢さまを引き摺り下ろそうとする愚を悟らずにはいられなか

お嬢さまは大学に入学されることになりました。高校までは上紅丹でお通いになりましたが、見聞を広めるため、また丹山家当主としてふさわしい教養を深めるため、外の大学に通われることになったのです。

お嬢さまにとって、大学の選抜など何の障壁にもなりませんでした。ただ問題だったのは、お嬢さまが一人で暮らされるおつもりだということでした。お嬢さまは中学・高校と、女子校に通われました。それだけに御前様の心配は、一通りのものではありませんでした。

いえ、心配だったのは、わたしもです。野辺に咲く花しか知らない男どもがお嬢さまを前にして、果たして身の程を弁えるものでしょうか？ 到底、当てになるものではありません。わたしは口を酸っぱくして、いまからでも誰か身辺のお世話をする者をお付けになればとお勧めしました。

ですがお嬢さまは、

「大丈夫よ、夕日。……それにおかしな男が寄ってきたら、夕日に教わった技で投げ

飛ばしちゃうから」

とお笑いになるばかり。わたしは赤面しました。子供の頃からお相手させていただいた分野のうち、合気道だけは、互角のお相手が務まるようになっていたのです。お嬢さまがお屋敷を出られると、丹山家は火が消えたようになりました。お嬢さまは決して、でしゃばったことをなさる方ではありません。いつも控えめで、年長者を立てておいでてした。それなのにいつの間にか、お嬢さまは間違いなく、丹山家の中心になられていたのです。お屋敷の中には寂しさだけでなく何か柱が抜き取られたような頼りなさが漂っておりました。普段は意気軒昂(けんこう)な御前様も、ことあるごとに、

「吹子は帰らぬか」

「吹子が戻るのはいつか」

とこぼしておられるとか聞きました。

お嬢さまがいらっしゃらないお屋敷は、わたしにとっては何の意味もない場所でした。わたし、村里夕日はお嬢さまのお付きであり、その身のまわりのお世話をするために丹山家に置いていただいているのです。遡(さかのぼ)れば父母がわたしを捨てたのも、吹子お嬢さまに仕えさせていただくという幸せのためではなかったかとさえ思うのです。そのお嬢さまがいなくなって、わたしは日々の仕事も手につかなくなりました。

幾度か、お嬢さまのおそばに遣わして下さるよう、高人様にお願い申し上げもしました。しかし高人様は、

「あれにも、一人で生きる時間があっていい」

とおっしゃるだけ。あるいは御前様ならば、わたしの願いをお聞き届けくださったかもしれません。ですが使用人風情が御前様にお目通り願うなど、許されるはずもありません。一人きりの部屋でわたしの心を慰めてくれるのは、あのお嬢さまの写真だけでした。

寂しいというよりも悲しいような日々が過ぎ、学校が夏休みに入ると、お嬢さまはその日の内にお戻りになりました。そのときのお屋敷の華やぎといったらありません。あの神代様や満美子様までもが、お嬢さまを笑顔で迎えたのです。わたしは、こんなときもやはり、何も言葉にすることができませんでした。ただ愚かな子供のように涙を堪えるばかりでした。お嬢さまは懐かしい笑顔で、

「ばかね、そんなに寂しかった?」

とおっしゃいました。

その晩、わたしは久しぶりに、お嬢さまの秘密の書棚から本を貸し与えられたのです。

それにしても、宗太様はどこまでも丹山家の不幸の種でありました。

お嬢さまのご帰省の間に、わたしはお嬢さまの大学生活のお話を、いろいろと聞くことができました。お嬢さまは、「バベルの会」という読書会にお入りになったそうです。

「わたしが何か団体に籍を置くときは、おじいさまが人を使って調べさせるの。『バベルの会』も、調べられたはずよ」と、お嬢さまはさもおかしそうにお話しになりました。お嬢さまに合わせて笑いながら、わたしもほっとしておりました。御前様のお調べが入ったのであれば間違いはない、そう思ったからです。

「とても楽しいわ、夕日。とてもね」

そう言って、お嬢さまは微笑まれます。

そのとき不遜（ふそん）にも、ほんの少しだけ、つらく思ったことを記しておきます。……それまで、お嬢さまと本の話をするのはわたしの役割だったからです。もちろん、お嬢さまが見聞を広められるのは良いことです。良いことなのですが。ああ、わたしは確かに、不遜でした。

お嬢さまのお話によりますと、「バベルの会」は夏休みの最中、毎年八月一日から、避暑を兼ねての読書会を行うとのことでした。涼しい景勝の地である蓼沼に別荘を借り、普段はなかなか取り組めない大部の本を読んだり、いつもより深く感想を交わしあったりするそうなのです。もちろんお嬢さまは、籍を置く団体の集まりに義理を欠かすようなことは、決してなさいません。ですがただそれだけでなく、この読書会をことのほか楽しみにされているご様子でした。

おそらく、それがお嬢さまにとって初めての外泊だからではなかったかと思います。お嬢さまはそれまで、丹山家のお屋敷や別荘、あるいはいまお住まいになっているコンドミニアム以外の場所で、朝を迎えられたことはありません。小さな集まりにも律儀に参席されるお嬢さまが旅行だけはなさらず、学校の課程である修学旅行すらも欠席なさっていました。宗太様の問題が重苦しく、お嬢さまに外の世界を見せても良いことはないと御前様が判断なさったからだと聞いています。決して取り乱すことのないお嬢さまが、

「夕日、わたし、どうしたらいいのかしら。外で泊まるなんて!」

と昂奮しておられたのが、わたしにとってはたいへんな驚きでした。

読書会の日が近づくにつれ、お嬢さまは次第次第に、落ち着かなくなっていきました。もちろん一歩部屋を出ればいつも通り、立ち居振る舞いに隙はありません。身の

慎みの完璧（かんぺき）なさまは、大学に進まれても全く変わってはおりませんでした。ですが部屋に戻れば、

「ああ、あとたった七日なのね」

「ああ、もう残り六日なのね」

と、指折り日を数えておいでだったのです。

そして、「バベルの会」読書会の二日前、七月三十日のこと。

丹山家のお屋敷が、宗太様に襲われました。

宗太様は裏門からお屋敷に入ると、使用人を立て続けに二人、ライフル銃で撃ちました。一人は急所を逸（そ）れましたが、もう一人は後に死にました。異変に気づいた運転手の芝さんが後ろから組みついたところ、宗太様が肩越しに撃った銃弾をまともに浴びて、その場で亡（な）くなったそうです。

宗太様は「じじい、どこだ、ぶっ殺してやる」などと汚い言葉を吐きながら、御前様や高人様を探しておられるようでした。護衛の方々も、相手が宗太様となると迂闊（うかつ）な手出しはできません。その夜の散発的な銃声は、いつまで経（た）っても鳴（な）り止（や）みませんでした。

お嬢さまの私室でしたら頑丈な鍵がかかるのですが、悪いことにそのとき、お嬢さまは道場で稽古をなさっていたのです。お相手はわたしが務めておりました。外に出ればたちまち宗太様に見つかってしまいそうで、お嬢さまとわたしは道場から出られなくなりました。

お嬢さまをお守りせねば、と気は焦るのですが、わたしは護衛の方々と違って、これといった武器を与えられておりません。幸い道場には、槍と刀がありました。わたしが槍を持ち、剣道にも通じたお嬢さまが刀を持って、息を潜めておりました。

わたしの「必ずお守りします」という声は、我ながら情けなく震えておりました。しかしお嬢さまはこんなときにも我を失わず、「大丈夫よ。お兄様に何ができると言うの」と毅然としていらっしゃいました。

銃声は不意に途切れ、そのまま五分、十分と経ちました。宗太様は取り押さえられたのだろうか。それとも逃げ出したのだろうか。それとも、と思っていると、道場の遣戸がいきなり蹴破られました。

頰はこけ、お召し物は血に汚れた宗太様が、目をひん剝いてそこに立っていました。手にはライフル銃、引鉄に指がかかっておりました。宗太様は、これが丹山家の長男かと思われるような浅ましい声で言いました。

「吹子か。お前でもいい。誰でもいいんだ。丹山家のやつは全員殺してやる」

お嬢さまは少しも怯みませんでした。

「それは、おじいさまがお兄様を勘当なさったからですか?」

「そうだ。おかげで俺がどんな目に遭ったか」

「お兄様、それは自業自得です」

宗太様は顔を真っ赤にして、ライフル銃を構えました。ですがあのお方は、本当に意気地のない方でした。駆け寄るわたしたちが十メートルに近づいても、五メートルに近づいても、宗太様が放つ銃弾はお嬢さまにもわたしにも、かすりもしなかったのです。

わたしの槍が宗太様の右肩を貫き、お嬢さまの刀がその手首を切り落としました。

宗太様は混乱し、みじめに泣き叫び、切り落とされた自分の手がつかんでいるライフル銃を取り上げようとしてしくじり、体の平衡を崩して道場を転げまわった挙句、お嬢さまを罵りました。

「吹子! どこまでも仮面の厚いやつ。お前はそのまま一生暮らすのか」

お嬢さまは血のついた刀を下げたまま、微笑まれました。

「だってわたしは、丹山吹子ですもの。名無しのお兄様」

結局、宗太様は逃げました。護衛の方々が追いましたが、その後のことは知りません。

お屋敷では、後に病院で死んだ者を含めれば三人が命を落とし、怪我をした者は九人に上りました。宗太様の勘当のことは、外聞を慮って公言されてはおりませんでした。御前様はそれを奇貨となさり、宗太様が急逝したことになさいました。道場でのことは一族の皆様にのみ伝えられ、真実は伏せられました。そして御前様はお嬢さまに、噛んで含めるようにこうおっしゃったのです。

「宗太は今日限りで死んだ。わかったな」

お嬢さまはいつもの通り、「はい、おじいさま」とお答えになりました。

ですが、それが良くありませんでした。

表向き宗太様は勘当されておらず、それがお亡くなりになったとなれば、ご葬儀が必要となります。お嬢さまは当然それに参列し、そして喪に服さなければなりません。お嬢さまは「バベルの会」の読書会に、参加できなくなったのです。

表向きはいつものお嬢さまでしたが、私室にお戻りになると、何を見るともなくぼうっとしておいででした。

お嬢さまにお仕えして十年あまり。それまで決して、見たことのないお姿でした。

3

そして本当の災いが、いよいよその牙を剝いたのです。

宗太様の襲撃、そしてご葬儀から、夢のように一年が経ちました。お嬢さまは大学二年生、わたしは高校三年生になりました。

卒業したら今度こそお嬢さまの下に行かせてくださるよう、わたしは繰り返し高人様にお願い申し上げました。ですがどうしても、色よいお返事がいただけません。わたしも最後には、お嬢さまにも一人になる時間があっていい、という高人様のお言葉を、納得せざるを得ませんでした。納得というと、少し違うかもしれません。わたしは、断腸の思いで諦めたのです。

夏休みになり、お嬢さまがお戻りになります。幸せな時間が戻ってきます。わたしは誠心誠意お嬢さまにお仕えし、お嬢さまもまた、わたしを可愛がってくださいます。お嬢さまは昨年と同じように、大学生活のあれこれを語ってくださいました。

その中でもやはり、「バベルの会」でのご交際は、お嬢さまにとって大切なものであるようでした。お嬢さまがご不在の間に、わたしは高人様から一つ教わっておりました。「バベルの会」の会員は、やはりお嬢さまのような立場の方が多いのだと。特に「会長」と呼ばれる人物の家格は丹山家をも上まわるのだと。将来の社交のことを考えても、高人様、そして御前様は、お嬢さまが「バベルの会」に参加されることに賛成のご様子でした。

そして七月の三十日。宗太様の一周忌の日のこと。

形だけの死、形だけのご葬儀とはいえ、人を集めて式を行った以上、一周忌の法要も営まねばなりません。わたしもその日は、朝から忙しく働いておりました。

急報があったのは、昼過ぎのことだったと記憶しています。お嬢さまの伯母に当たる満美子様は、屋敷の敷地内にある離れに、ご主人と二人でお住まいでした。そのご主人が、わたしたち使用人が詰めております部屋に突然まろびこんでいらしたのです。そのお顔は真っ青で、うわ言のように、「宗太君だ。宗太君が帰ってきた」と繰り返していました。

離れに向かったのは、わたしと、わたしの下についていた数人の使用人でした。二階建ての離れの一階、南面した日当たりのいい部屋。悪趣味なピンクの調度品で飾られ、途方もなく大きなベッドが置かれたその部屋でわたしたちが見たものは、血まみれになって絶命している満美子様でした。

満美子様のご主人が宗太様の名を口にされたのも、不思議ではありません。なぜなら、満美子様の右手首は、刀で切り落とされたようになくなっていたからです。

満美子様は「病死」ということになり、警察には届けられませんでした。病名は心筋梗塞だったかと思います。お気の毒なことでした。

御前様が満美子様の件を警察に委ねなかったからといって、殺人者の追及を諦めたわけではありません。本物の警察機構に比べれば見劣りはあったのでしょうが、いくつかの探偵社が雇われて、あやしげな調査がさんざんに行われました。丹山家の護衛の中にも、満美子様の一件の調査を下命された方がいたようです。わたしも、そしてお嬢さまも、頼りになるのかならないのかわからないような人々から失礼な質問を受けました。たいした能もないくせに態度ばかり大きい彼らに、わたしが終始落ち着いた態度を取れたのは、お嬢さまがいらしたからに他なりません。

わたしは何ら役立つ話は出来ませんでしたが、彼らはいくつか情報を教えてくれました。満美子様が殺されたのは、夜のうちのこと。満美子様のご主人は丹山家の事業の一角を任されており、当日も帰りが遅かったそうです。それでも日付が変わる前にはお帰りになりましたが、満美子様の出迎えはありませんでした。それはいつものことだったので、ご主人は満美子様を探そうともなさいませんでした。そのまま朝を迎え、昼になり、それでも起きてこない満美子様の様子を窺おうと寝室を覗き込んだところで、惨劇に気づいたとのことです。このときの不手際を責められ、満美子様のご主人は丹山家を追われました。

満美子様は手首からの出血でお亡くなりになったのかと思いましたが、そうではなく、紐で絞め殺されていたそうです。生きている間に、後頭部に打撃を受けていたこともわかりました。つまり満美子様は、後ろから殴られ、首を絞められ、事切れた後に手首を切られたのです。

宗太様の一周忌は一周忌として、満美子様のご葬儀も丹山本家で行わないわけにはいきません。その日、わたしたち使用人は、あまりの忙しさにどこから手をつければいいかわからないほどでした。もっとも、悪いことばかりでもありません。満美子様のご遺体を見たわたしたちは、御前様からそれぞれ特別なお給金を頂戴いたしました。わたしのような者にはあまりに破格な金額でしたが、それは要するに、口止め料ということだったのでしょう。そんなことをせずともお嬢さまから一言「言うな」と言われれば、わたしは死んでも、口を閉じていたことでしょうに。

しかし、人の口に戸は立てられないものです。

満美子様は殺されたのだ、と表立って噂する者はおりませんでした。ですが、満美子様のご主人の「宗太君が帰ってきた」という言葉は、詰め所の皆が聞いていたのです。何が起きたのかは、おのずから明らかでした。

使用人の間には不安が広がりました。十二人の死傷者を出した宗太様の一件の記憶は、使用人の間にまだ生々しく残っていたのです。宗太様は本当に亡くなったのか。それとも、ひょっとすると。誰も宗太様のご遺体は見ていないのです。ご葬儀の準備をしたのは他ならぬわたしたちでしたが、空の棺を用意した当人たちが宗太様の死を信じられなかったとしても、全く不思議はありません。

このとき使用人が大量に辞めてしまい、わたしはやりくりにたいへんな苦労をすることになったのですが、その件は置きましょう。より大切なことがあります。探偵社の皆様は何らの成果も上げることが出来なかったというのが一つ。そしてもう一つは、翌年の七月三十日、今度は神代様が殺されたということです。

その日は宗太様の三回忌であり、満美子様の一周忌でした。神代様の遺体からは、またしてもと申すべきでしょうか、もちろんと申すべきでしょうか、右の手首がなくなっておりました。

それでも御前様は、警察を介入させようとはなさいませんでした。神代様もまた「病死」とされたのです。

その理由は、わたしにもよくわかるような気がしました。神代様が殺されたことを警察に報せるなら、満美子様が殺されたことにも触れざるを得ないでしょう。そしてそうなれば、宗太様のことも公になるでしょう。たとえ人の口から噂が流れているとしても、丹山家は表向き、宗太様の乱心とその顛末をなかったこととして扱っておりました。なればこそ、神代様の件も満美子様の件も伏せられることになったのでしょう。

神代様は満美子様と異なり、丹山本家のお屋敷にはお住まいになっておりませんでした。わたしたちが「山手のお屋敷」と呼ぶ別邸に、お一人で住んでいらしたのです。当時、わたしは既に高校を卒業し、望み通り名実ともに丹山家の使用人となっておりました。年は若かったのですが経験は十年を超え、それなりに信用と地位を得ておりました。丹山本家からの使いの者として神代様をお訪ねすることも、ままありました。かつて吹子お嬢さまにつらく当たった方とはいえ、広い屋敷に碌に使用人も使わず寂しく住んでいるところを見ると、やはり一抹の同情は覚えたものでした。

ご遺体を発見したのは、わたしではありません。一周忌と三回忌が重なった日、丹山本家から山手のお屋敷へ、迎えの車が出向きました。運転手と、古株の使用人が一人だったそうです。お屋敷に着いた彼らは誰も応答しないのを奇妙に思い、そして前年の例に思い当たったのです。彼らは賢明にも、独断で行動しませんでした。急病かもしれないと思いながらも、本家に連絡を入れたのです。

彼らの連絡は法事を指揮しておられた高人様に伝わり、高人様から御前様に諮られました。御前様は何かをお察しになったのでしょう、彼らをその場に留め置き、護衛数名と、わたしを派遣されました。わたしが選ばれたのは、幾度かのお使いで山手のお屋敷のつくりを知っていたからだったようです。

そうしてご遺体が発見された後のことは、あまり書くべきこともありません。いえ、実を言えば、わたしはある不安のため、とてもご遺体を直視できなかったのです。あの役立たずの探偵社がまたもうるさく尋ねまわってきましたが、やはり、彼らは何も出来ませんでした。殺されたのはその日の深夜から未明にかけてだとわかっただけ。しかもそれは、ほとんど自明のことでした。神代様は前日、夜まで本家にいらっしゃったのですから。

満美子様の場合と違い、神代様には後ろから殴られた傷はありませんでした。お年を召した神代様を絞め殺すのに、わざわざあらかじめ殴り倒す必要もなかったのでしょう。

七月三十日に、丹山家の女が死ぬ。

恐ろしさのあまり、わたしはお嬢さまにお尋ねしました。

「お嬢さま。どうなのでしょう。宗太様が生きていらして、丹山の家の方々をいままで狙(ねら)っているなどということが、あるのでしょうか」

お嬢さまは言下(げんか)におっしゃいました。

「それはないわ」

「でもお嬢さま。わたしは宗太様のご遺体を見ておりません」

「夕日、おかしな考えにとりつかれてはいけないわね。お兄様の右手は、確かにわたしが切りました。聞けば賊は、山手の屋敷の勝手口から忍び込んだというじゃない。ということはまず間違いなく、裏の塀を越えてきたものでしょう。片手では、あの塀は越えられないわ。それに何より、片手でどうやって大叔母様の首を絞められるというのかしら」

わたしはお嬢さまに反論を重ねたくなかったので、黙っておりました。しかし、それだけの理由では、とても納得は出来ませんでした。確かにあの塀は高く、忍び返しがついて、越えることは容易ではありません。ですが片手では越えられないと言い切ることも、出来ないように思えたのです。首を絞めることだって、あらかじめ右手に紐を括りつけておけば、充分にこなせるではありませんか。

ただ、わたしが本当に恐れていたのは、宗太様ではありません。

わたしが恐れていたのは、満美子様を、そして神代様を殺したのは、このわたしではなかったかということなのです。

4

これが告白です。

わたしは、いつの頃からか、自分には悪い癖があるのではと思うようになっておりました。

このような疑いが、どうしても胸を去らなかったのです。……わたしは眠っている間、何かをしているのではないか？

朝、目が覚めると、時折とんでもない寝相をしていることがありました。普段のわたしは、別段寝相が悪い方ではありません。ですのに稀にでもこういうことがあるのは、夜中にふと部屋を迷い出ているからではないか、と思うのです。

丹山家といえど、住み込みの使用人は多くはありません。女は二人、わたしと、もう一人はかなりのご年配です。ありがたいことに、それぞれ部屋を与えていただいております。その部屋は和室で、襖さえ開ければ楽に出入りが出来るのです。

あれはまだ、わたしが中学生の頃でした。学友にこう言われたことがあります。

「昨夜、劇場にいたでしょう」と。わたしがそんな場所にいるはずがありません。夜は毎晩、自室で眠るのです。何かご用があればすぐにでも出て行けるよう、羽織るものと懐中電灯を枕元に用意して。それなのに、なぜ彼女らは、わたしを見たと思ったのでしょうか。ただの他人の空似を見間違えたのでしょうか。

わたしには、こう思えてなりませんでした。わたしにも、他の子のような遊びをしたいという欲があるのだ。その欲が昂じて、わたしに夜の散歩をさせたのだ、と。

無論証拠はありません。ですのでわたしは、水差しを枕元に置いて眠ることをはじめました。それを何日か続けたある日、確かに水が減っていたのです。自然蒸発などではありません。眠っていたはずのわたしが、夜中に起きだして、欲求の赴くままに水を飲んだのです。

そのときの驚きを、誰がわかってくれるでしょうか。

それからしばらくの間、夜は己の手足を縛って眠ることにいたしました。自分が眠っている間に、何をするかわからない。わたしは丹山家に、返しきれないご恩のある身です。そのわたしが眠っている間に、あるいは高人様に、あるいは御前様に、そしてややもするとお嬢さまに何か失礼を働きはしないだろうか。その恐ろしさゆえに、自らの手足を縛らずにはいられなかったのです。

他の使用人にわたしの部屋に入ることを禁じたのも、実はこれがもっとも大きな理由です。自分の部屋でわたしは、夜に怯(おび)える弱い者でしかありません。時折どうしようもない不安に襲われたときなど、お嬢さまの写真だけを心の支えにしていたのです。そのような姿は、誰にも見られたくありませんでした。

この習慣は長くは続けられませんでした。ある夜、地震で目が覚めたとき、自分を縛っていたわたしはすぐには動くことが出来ませんでした。おそらくは妄想なのだろう恐怖よりも、何か事があったときにお役に立てない恐怖の方が大きかったのです。ですが自分への疑いは、心の奥底に拭(ぬぐ)い難く残っておりました。そしてその僅(わず)かな疑いは、お二人の死の後で、どす黒く膨らんだのです。

何のために。

そうです、そこが問題です。満美子様や神代様を殺したのが誰であれ、何のためにそんなことをしたのでしょうか。

お二人は、丹山家にとって極めて重要な人物ではなく、また、害があるわけでもありません。いったい誰であれば、あのお二人を殺す理由があったというのでしょうか。

わたしには、その理由があります。

わたしが、眠りの中で欲するままに夜歩く人間であれば、あるいは眠りの中で欲するままに、満美子様を殺すということもあったのではないでしょうか。神代様を殺すこともあったのではないでしょうか。わたしは丹山家の使用人です。離れのつくりも、山手のお屋敷のつくりも熟知しております。そしてわたしは、お二人を憎んでおりました。

幼いお嬢さまへのお二人の仕打ちは、本当に許しがたいものでした。軽蔑と悪意に満ちた扱いを、わたしは決して忘れてはおりません。この世でただ一人、わたしがお仕えするべき吹子お嬢さまに加えられた侮辱を、どうして忘れましょうか。後に神代様や満美子様がお嬢さまをお認めになったからといって、どうしてわたしがお二人を許せましょうか。わたしは確かにお二人を、殺したいほどに憎んでいたのです。

ではやはり、わたしが？

わたしが、宗太様の凶行を潮として？

ああ、わたしは、恐ろしかった。

神代様や満美子様を殺したのは自分かもしれない。いえ、そのことではありません。眠っているおのれの分別など、誰が信じられましょう。わたしが夜にさまよう者なのであれば、そして主家に連なるお二人を殺(あや)めるほど血を好んでいるのであれば。たとえば次の七月三十日。わたしが、お嬢さまの身を危うくしないと、どうして言い切れるでしょう。

なぜなら、わたしは望んでいたからです。お嬢さまが「バベルの会」のことを楽しそうにお話しになったとき、わたしは自分の心根に気づいたからです。

村里夕日は望んでいた。

吹子お嬢さまを独り占めにすることを、心の底から、望んでいたのです。

今夜、七月二十九日。わたしは自分の体を縛って、夜を過ごすことにします。

全(すべ)てが妄想で、杞憂(きゆう)であれば。

わたしはこの手記を焼き、これまで通りお嬢さまにお仕えし続けるでしょう。

〈丹山吹子の述懐〉

仕事は手早く片づいた。夕日を殺すのは、なんでもないことだった。満美子伯母様のときよりも手間がかからなかったぐらいだ。

寝床に横たわる夕日が縛られているのを見たときには、何が起きたのかと驚いた。計画を変更しなければならないのか、月明かりの中でわたしはしばし、逡巡（しゅんじゅん）した。しかし、文机の上の手記を読めば、どうやら状況はかえってわたしに有利なようだった。いくらかの修正は必要かもしれないが、変更はしなくていい。後は簡単。眠る夕日のうっすら開いたくちびるに、毒をそっと流し込むだけでよかった。

夕日は、少しのたうちまわったけれど、すぐにおとなしくなった。苦しみは短かったと思う。泡を吹いている夕日の死体を見下ろして、わたしはそれでも少しだけ、つらいような気がした。いつもそばにいてくれた夕日。わたしの忠実な使用人で、大切な友人。村里夕日、あなたがわたしに対して抱いたのが、愛ではなくて忠誠だったなら、わたしたちは生涯一緒にいられたかもしれないのに。もしそうだったらわたしは三人目として、あなた以外の誰かを選んだだろうに。

それにしても、夕日が本当に伯母様や大叔母様を憎んでいたとは知らなかった。確かにあのお二人は、まだ幼かったわたしに対してつらくあたった。しかし、夕日は知らなかったのだ。あの程度の鞘当てをいちいち憎んでいては、到底きりがないのだということを。わたしはもちろん、あのお二人に何ら特別な感情を持ってはいなかった。わたしがあのお二人を殺したのは、純粋に、丹山家にとって益がない人間の中でも特に殺し易かったから。伯母様は離れに住み、ご亭主の帰りはいつも遅い。大叔母様は何しろ、あのお年だ。たやすい相手だった。

　使用人たちの間で、宗太お兄様が生きているという噂が流れていたことは、わたしも察していた。本当に愚かしいことだ。「塀を越えるのに片手では無理」とか「片手では首を絞められない」などというこじつけなど、問題にもならない。あのおじいさまが、丹山家が、とどめも刺していない人間の葬式など挙げるはずがないのだ。各方面からの弔問を受けておいて、後になって実は生きていましたなどというのでは、面目が立たないではないか。後に露見し得る嘘など、下の下策。もちろん、お兄様はきっちりととどめを刺されているに違いない。

　確かに、お兄様の死ははっきりと言葉で説明されはしなかったし、わたしが死体を見たわけでもない。しかし、おじいさまが「死んだと思え」とおっしゃった以上、それは間違いのないことなのだ。満美子伯母様の死体が見つかったとき、ご亭主が宗太お兄様の名前を口走ったというのは、あの男がそれだけ愚物だったということだ。追放も当然だろう。

伯母様と大叔母様を殺した者として、夕日は実にうってつけの存在だった。わたしはお二人の右手首を切り落とし、この殺人が宗太お兄様の襲撃から続くものだと暗示した。しかしそもそも、お兄様の右手首が切られていることを知っているのは、わたしたち丹山家の人間、お兄様を追跡した護衛の者たち、そしてあの日わたしと共に道場にいた夕日だけなのだ。殺人者は、この中にいなければならない。

そしていま、夕日は「自殺」した。わたしの用意した遺書が、満美子伯母様や神代大叔母様を殺したのは夕日だと告げてくれる。正確にして厳密な科学捜査が入ればすぐに偽手紙と知れるだろうけど、そうはならない。夕日が見抜いていた通り、おじいさまは今回も、警察を介入させないだろう。

それにしても。

夕日の手記は、真に驚くに値した。まさか夕日が夜を、自分の眠りを恐れていたとは。

わたしと同じ恐怖を抱いていたとは。

もちろん、本来その恐怖を抱いていたのは、わたしだった。夕日が理解してくれていたように、わたしは身の振る舞いに、ほんのわずかな隙も許されない立場にいる。どこまでも厳しく自分を律すること、それが丹山家の跡継ぎたるわたしの責務だ。その責務に押しつぶされ半狂乱で逃げ出したお兄様とは違う。常に身を慎み、考慮を加えぬ言葉はたった一言たりとも口にしてはならない。わたしは、そう自分を戒めながら育ったのだ。

そんなわたしにとって、眠りは、最大の恐怖だった。

わたしは眠る。その眠りの内に、何か途方もないことを口走ったりはしないだろうか。自分でももはや存在しないもののように思える「本心」を、夢に浮かされて言葉にしたりはしないだろうか。それだけではない。もしかしたら、眠っている間に起きだして、無軌道な、取り返しのつかない行動をしてしまうのではないか。わたしがもっとも避けねばならないのは、我を失うこと。そして眠りとは、毎日必ず訪れる、茫然自失の時間なのだ。どうしてそれを恐れずにいられよう。

もっとも、わたしも最初から明確に、その脅威に気づいていたわけではない。気がつけばただ漠然と、夜と眠りを恐れてはいた。それでいてわたしは恐れの正体を知らなかった。

それをわたしに教えたのは、一冊の本。一篇の、短篇だった。

一言一句を諳(そら)んじることもできる。

泉鏡花の『外科室』。

自失の内に漏れ出るかもしれないうわ言を死よりも恐れる婦人の心性は、わたしにとって、ただの観念ではなかった。あれを読んだその日から、わたしは、夜の自分を誰にも見られない場所に閉じ込めることを希求した。壁に厚みを、部屋に鍵(かぎ)を望んだのだ。

……しかしわたしは眠りをどこまでも恐れながら、その恐れに惹(ひ)かれてもいた。先端恐怖症でありながら刀を見つめ、高所恐怖症でありながら塔の天辺(てっぺん)に近づくような、破滅的な快楽をわたしは楽しんだ。自室を改装し、夜の自分を外界から隔離することで安心を得た。そしてその安心の上に立って、恐るべき眠りをモチーフとした小説を、どこまでも愛したのだ。

わたしが夕日に命じて作らせた書棚は、それらわたしの悪夢を詰め込むための場所であった。鏡花はもちろんのこと、夕日が手記に残していた名前はそれぞれ、わたしにあの暗い悦(よろこ)びを思い出させる。木々高太郎『睡(ねむ)り人形』は、するのではなくされることを教えた。小酒井不木『メヂューサの首』や浜尾四郎『夢の殺人』は、他者の暗示が夜のわたしを操るかもしれない、という新たな恐れを与えてくれた。その異様さという点では、あの子が盗み読んだ海野十三『地獄街道』は、一片のリアリズムもないがゆえにより甘美だった。江戸川乱歩は『夢遊病者の死』よりも『二癈人』の方が、よりわたしの心を刺激した。夢野久作『ドグラ・マグラ』を面白く読んだ一方で、横溝正史『夜歩く』には深くおののいたのが、我ながら不思議だった。夕日は、スピリ『アルプスの少女』とシェイクスピア『マクベス』が並んでいる理由に気づかなかったのだろうか。ハイジも、マクベス夫人も、抑圧に耐えかねて夜歩く者だったではないか。谷崎潤一郎は、たとえば『柳湯の事件』。志賀直哉は、たとえば『濁った頭』。それぞれ、忘我の境地での人殺しを描いた作品だ。

挙げていけば切りがない。秘密の書棚の本たちは入れ替わり立ち替わり、最初から残っているものは、多分もう鏡花しかない。

わたしは、夕日が秘密の書棚を覗いていることを知り、あの子に本を貸し与えた。それらについて時折、言葉を交わしたこともあった。

夕日は自分自身気づかぬままに、わたしの恐れを恐れるようになったのだろうか。

翌朝。満美子伯母様の三回忌にして、神代大叔母様の一周忌の日、夕日の死体は早朝に発見され、そして全ては夕日の仕業とされた。わたしは泣いた。泣くべきときに自由に泣くことぐらい、簡単なことだ。しかしわたしは、やはりどこかで、この愛すべきしもべを手放したことを悲しんでいたと思う。

わたしは、混乱の渦中にある丹山家から、電話をかける。

お兄様は本当に意気地のない人だったけれど、たった一つだけ教えてくれた。社交的観点から、わたしは「バベルの会」の読書会に参加しなければならない。しかしわたしは、夜、他人と一緒に眠るという恐怖に、到底耐えることができない。

この矛盾を克服する手段を、お兄様が教えてくれた。

電話が繋がる。「バベルの会」会長に。わたしは話す。読書会に行けなくなったこと。本当は行きたいこと。予定は確かに空けておいたこと。私自身、本当に楽しみにしていたということ。急な都合ができたこと。

会長はもちろん、こう尋ねる。

「何があったの」

全てはこのため。このためだけに、わたしは伯母様と大叔母様を殺し、そして夕日をも殺した。あの日お兄様が教えてくれた、どんな約束でも断われる魔術的な言葉のために。

重い声で、わたしは言う。

「会長、実は——。身内に不幸がありまして」

北の館（やかた）の罪人

1

千人原地方の北、高台を上って山の端ほど近くに、六綱家のお屋敷があります。槍のように穂先の鋭い鉄柵に沿って正門に辿り着き、ベルを鳴らして用件を伝えれば、門が開いて敷地内に招かれます。玉砂利の敷かれた道はわずかに弧を描きながらさらに上っていき、疎林の合間からはやがて、落ち着いたクリーム色のお屋敷が見えてきます。

現当主の光次様はこのお屋敷をたいへん誇りに思われていて、些細なことでも改築をするおつもりはないようです。玄関のアーチに嵌め込まれたステンドグラスは特にお気に入りで、お客様がそれに目を留めると、普段は物静かな光次様が相好を崩し、得々とその来歴をお話しになるのが常でした。

このお屋敷の応接間に、いっぷう変わった絵がかけられています。

額縁こそ六綱家にふさわしく立派ですが、この部屋を訪れるお客様の多くが、はてなと首を傾げます。描かれているのは青い空に青い海、そして青い人影。何もかも青づくしの画面が、一種異様な印象を与えるのでしょう。とりわけ奇妙なのは空の色。青に固執するなら最も美しい空色でなければならないはずが、青とは言い切れない、紫がかった色に塗られているのです。

ほとんどのお客様がおざなりな賛辞を述べますが、中にはこう尋ねる方もいらっしゃるでしょう。この空はどうして紫なのですか、と。しかし光次様は笑うだけで、それには決してお答えになりません。

実はその絵には、続きとも言える一枚があります。優美な本館の裏手に建つ別館に、それはひっそりと飾られています。

南を向いて光に溢れた本館とは裏腹に、山の斜面が間近に迫った別館はどこか薄暗く、陰気な感じが拭えません。赤黒い外観は、溶岩を切り出した石材の色だそうです。三角に尖った屋根には愛らしさもありますが、真っ黒に塗られた窓枠の重苦しさと、そしてなによりその窓に嵌った鉄格子の異様さが、それを掻き消してしまいます。

六綱家別館。

もう一枚の絵はそこにあります。そしてこの別館こそが、わたしの住処。

口さがない古株の使用人たちは、鉄格子に封じられたこの館に、ろくでもない別称をつけて喜んでいるようです。ですがわたしはここを、単に「離れ」とか、あるいは「北の館」と、そう呼んでおります。

2

わたしが北の館に入ることになったのは、こういう事情です。

わたしを育てることに一生を費やした母が、少しずつ削られた命の最期の瞬間に、ついぞ見せたことのない悔しさを滲ませてこう言ったのです。

「六綱の家に行きなさい。六綱の旦那様に会いなさい。わたしはあのひとから、もっと貰うものがあった。それをあなたが受け取りなさい」

六綱の名前は、わたしも知っておりました。もともと紡績で財を成した六綱家は、その後、製薬会社に転身して成功を収めます。莫大な富を千人原にもたらした六綱家は、いまやこの地に君臨していると言ってもいいほどです。

その六綱家がわたしの人生とかかわってくるなど、想像もしていませんでした。仮住まいを転々とし、ミルクを配達したり女給をしたり鼠を殺したり、昼夜を問わず働いても学費がままならなかったわたしと、六綱。しかし、まさかとは思いませんでした。わたしはただ、そうなのか、と思っただけでした。

母が死んでしまうと、言い残された六綱家より他に、わたしは行くところもありません。わたしには父がいなかったので、おおよその事情はすぐに察しがつきました。六綱邸へと続く長い長い坂道を、しおらしい顔でいるべきか、ふてぶてしい顔でいるべきか迷いながら、わたしは上っていきました。萩の花が綺麗に咲き、雨上がりの空がいまいましいほど良く晴れた、夏の終わりごろのことでした。

そうして訪れた六綱邸で、わたしは『六綱の旦那様』がずいぶん前に事故に遭い、身動きもできないことを知ったのです。

現当主の光次様の父親、虎一郎様が、その『旦那様』でした。布団に臥せったままでしきりに「すまなかった、すまなかった」と繰り返す痩せ細った姿は、わたしの想像とはかけ離れていました。恨み言など思いつきもしなかったので、わたしは母とわたし自身のことについて、いくつか大切なお願いをしました。

虎一郎様とはまともに話ができないので、身の振り方は光次様とのやり取りで決めました。初対面の光次様は、わたしの不意の来訪にも悠揚迫らぬ様子で、ゆったりと椅子に腰掛けておりました。年のころは三十前後。たぶんわたしの兄なのでしょうが、どこか酷薄な感じがする細い目といい、丁寧に切り揃えられても色の濃さが目立つ眉といい、わたしにはまるで似ておりません。表情や仕草を盗み見るわたしに対して、光次様は無駄なことは言いませんでした。

「内名あまりさんといったね。父が苦労をかけたようだ」

「いえ。幸せでした」

「そうか。六綱のことは忘れて暮らしていくといい。これをあげよう」

光次様は小切手をテーブルに載せました。ですが並んだ数字の桁を数えることもなく、わたしは首を横に振りました。

「他に行くところがありません。ここに置いてください」

光次様はその申し出も予想していたようです。何の逡巡も見られませんでした。

「それは構わないが、表に出てもらっては困る。屋敷の裏に別館がある。そこに住んでもらうことになるが、いいかね」

そのときは寛大な処置だとしか思いませんでした。別館、北の館の謂れを知るのは、後になってのことです。

「ええ。もちろんです」

「別館には先客がいる。君には、その先客の世話をして欲しい。それはどうかね」

わたしは、ほんの少し戸惑いました。世話というのがどういう意味なのか、計りかねたからです。すると光次様は、わずかに笑って言いました。

「世話というのは、主に掃除と給仕だ。洗濯物の取り纏めも仕事になる」

それなら、と、わたしは引き受けました。光次様は「決まりだ」と頷くと、使用人を呼んで後を託しました。使用人はわたしを本館の北の外れまで連れて行きましたが、どうやら別館には、わたしひとりで行かなければならないようでした。

本館と別館は、大きく黒い鉄の扉で隔てられておりました。鍵穴は大きく、使用人が取り出した鍵も、また大きなものでした。錆びて軋む鉄扉を押し開けると、短い渡り廊下の先が別館でした。

そうしてわたしは、初めて六綱家を訪れたその日のうちに、たったひとりで北の館に入ることになったのです。

そこでわたしを待っていた『先客』は、男のひとでした。

すっと背が高いのですが顔色が悪く、手足も長いというよりは細長く、わたしはまず、どこか病的な印象を受けました。淡い緑の壁紙が品の良い応接間で、彼は私を迎えました。どこか無理のある、作ったような微笑みを浮かべて、それでも声は優しげでした。

「やあ。さっき、光次から電話で聞いたよ。君もここに住むんだって」

わたしは頭を下げました。

「はい。内名あまりと申します。お世話を仰せつかりました。どうぞよろしく」

男のひとは、ぼりぼりと頭を掻きました。

「堅苦しいな。要するに君、親父のアレだろう。なら僕の妹だ。僕は六綱早太郎。よろしく、あまり」

「は、はい」

わたしは少なからず驚きました。隠し子であるわたしを、光次様も早太郎様も、いともあっさり受け入れてくれたこと。もちろん、それもあります。しかしそれより、早太郎様は光次様の兄らしいということに驚きました。早太郎様は六綱家のれっきとした御曹司、おそらくは長男ではありませんか。うまく言葉が出ないわたしを見て、早太郎様は苦笑しました。

「どうして僕がこんなところにいるか、不思議かい。まあ、おいおい話していくさ。ここも、住めば結構快適だよ。電気は来てるし、水もある」

わたしは、はあ、と頷きます。少々勘の鈍いことですが、わたしはまだ、自分がどこにいるのかわかっていなかったのです。

それがおぼろげながらわかってきたのは、一通りの挨拶を終え、北の館を辞去しようとしたときのことです。仮住まいとはいえわたしには家がありましたし、多少の家財もあります。これから六綱邸に住むとなれば、身のまわりの始末をしなければなりません。そう告げると、早太郎様は不思議そうな顔になりました。

「おや。まだ何も聞いていないのか」

「……何をですか」

「この建物の意味、ここに入ることの意味だよ。まあ、いい。いま話してみよう」

金と象牙で飾られた電話機を取り上げると、早太郎様はダイアルを回すこともなしに、話を始めました。

「あまり君が帰ろうとしているんだが、いいのかい。……ああ、なんだ、そうか。わかったよ。じゃあ、そう伝えておく」

チン、と高いベルの音。

「夕食は、本館で用意してある。その後のことは、光次が話す」

「いえ、いったん家に帰るつもりです」

「その必要はない」

早太郎様は、なぜか、あからさまに機嫌を損ねていました。柔らかな物腰は影を潜め、言い捨てるような響きがそれに取って代わりました。

「君の自宅は、光次が既に始末をつけた。君は今日からここで暮らす。君も、それを望んだのだろう」

今日からとは思っていませんでしたが、そうならばそれで、構わないことでした。わたしは行くところがなく、また、戻るところもなかったのですから。

「玄関は開いている。さっさと行きたまえ」

早太郎様は椅子を立つと、苛立ち（いらだ）を隠そうともせず応接間を出て行きました。不愉快とは思わないけれど、変わった人だな。そう思いました。

その日の夕食後、再び光次様の部屋で、わたしはひとつの鍵を見せられました。

「内名君。君にこの鍵を預ける」

「これは、この家の」

わたしの声は、少し弾んでいたと思います。鍵を渡すということは、わたしを六綱家の一員として認めるということだと思ったからです。しかし光次様は、ゆっくりとかぶりを振りました。

「いいや。これは、別館に続く渡り廊下の鍵だ」

わたしが別館に住むとなれば、この鍵は要る道理です。しかし、鍵の意味はそれだけではありませんでした。

「兄には会ったね」

「はい」

「君に世話をしてもらうのは、あのひとだ。少し変わっているが、悪い人間じゃない」

話を聞きながらわたしは、そうかもしれないし、そうではないかもしれない、と思っていました。光次様は淡々と続けます。

「君の役割は二つ。ひとつはもう話した。兄の世話。そしてもうひとつは、兄を別館から出さないこと」

「え」

「もちろん僕は、君をまだ信用していない。気をつけて行動しなさい。目はいつも光っているし、あまり迂闊（うかつ）なことをすると、後悔では追いつかないよ」

そう言うと光次様は、わたしの手に、ずっしりと重い鍵を握らせました。

このとき、わたしはようやく悟ったのです。

妾腹（しょうふく）の子として、厄介者になることを覚悟で訪れた六綱家。しかし六綱家には、北の館には、とうに厄介者の先客がいたのだということ。

わたしは北の館の小間使いになり、そして牢番にもなったのだ、ということを。

黒光りする鍵が、わたしにそれを伝えてくれたのです。

3

そうして始まった北の館での暮らしは、意外にも平穏なものでした。

館の玄関は、本館にあるスイッチで鍵の開け閉めをしています。用があって玄関を開けるときは、本館に電話して開けてもらいます。そして渡り廊下を進み、本館と渡り廊下を隔てる扉は、わたしの鍵で開けるのです。窓にはすべて鉄格子。

出ようにも出られない北の館を、早太郎様はしかし、出たいとは思っていないようでした。たいていの時間は自室に籠り、特に用をいいつけることもありません。時折、応接間で煙草を吹かす姿が見られました。その姿は時に楽しそう、時に苛立たしそうでしたが、荒れ狂うようなことは一度としてありませんでした。

わたしもまた、北の館に軟禁されていました。もっぱら家事をして過ごし、食事の時間になると本館におもむき食事を受け取り、それを早太郎様にお持ちします。早太郎様は自室で召し上がることもありましたし、広さが寒々しい食堂で召し上がることもありました。

わたしは食堂で食べるのが好きでしたが、早太郎様が食堂にいらっしゃる日は、自室で食べることにしていました。服を選ぶ面倒もありません。小間使いの黒い服と白いエプロン、頭巾が、わたしの毎日の装いになりました。そうしていると、日々はあっという間に過ぎていきます。

湿り気と冷えがよじ登る部屋にしか住んだことがないわたしにとって、座敷牢であろうと監獄であろうと、北の館は夢のような場所であったのです。

恙無く毎日を送るわたしの様子を、光次様は人づてにでもお聞きになったのでしょう。ある日、本館使用人頭の千代さんから、こう伝えられました。

「光次様からのご伝言です。行く先を伝えれば、今日からは外出しても構わないとのことです」

北の館に入ってから、三ヶ月が経っていました。わたしは、自分でも驚いたのですが、自身が外出禁止の身であることをほとんど忘れかけていました。それだけ北の館が心地良かったのです。

外出が許されても、行く場所など多くはありません。許可を受けた翌日、わたしは千代さんに伝言を残し、まず母の墓参りに行きました。夏の終わりに六綱家に乗り込んで、このときはもう、冬の気配も濃くなっていました。貸し与えられた外套の前を合わせ、足元だけを見つめながら、わたしは母が眠る寺へとただ歩き続けました。

なけなしの貯金をすべて使って葬った母に、いまの自分のことを報せました。帰り道、ふと、かつての自分の住処を見てみたいという気が起こりましたが、やめにしました。見たところで仕方がないものだったからです。家にはいくつか思い出の品もありましたが、それは三ヶ月前に、光次様によって始末されたことでしょう。

代わりに、街の中心まで足を延ばし、久しぶりに喧騒の中に身を置きました。うるさいという以外に思うことはありませんでした。

そうしてさらに何日かが過ぎて。応接間の大時計を磨いていたわたしに、早太郎様が不意に話しかけてきました。

「あまり。君は、外に出られるのかい」

それまで個人的な会話など交わしたことがなかったので、わたしは少し戸惑いました。艶布巾を手にしたまま、

「ええ。光次様からお許しを頂きました」

と答えると、早太郎様は渋い顔をしました。

「光次様って、あれは君の兄貴じゃないか」

わたしが黙っていると早太郎様は手を振って、あの無理に作ったような笑みを浮かべます。

「まあ、遠慮があるならいいさ。それよりも、出られるなら買い物を頼む」

「買い物、ですか」

「ああ。金は千代に用意させよう」

わたしは鉄格子（てつごうし）の嵌（はま）った窓から、外を見ました。薄曇りの空は風が強そうで、見ているだけでも寒気が忍び寄るよう。千代さんにはお金のほかに外套もお願いしなくては、と思いました。

「はい。何を買ってきましょうか」

すると早太郎様は、にやにやと嬉（うれ）しそうに笑いました。これまでになく人間味のある笑いにつられて、わたしも少しだけ気分が良くなりました。

「ビネガーを、一瓶」

「ビネガーですか」

「うん」

「というと、つまり、お酢ですね」

早太郎様は、子供のように大きく頷きました。

酢なら、本館の厨房にいくらでもあるはずです。しかしわたしは、それは言わないでおきました。早太郎様はそんなことを百も承知で、それでもわたしに酢を買ってこいと命じられたのです。なにか理由があるのでしょう。それに、お金を使うのはずいぶんと久しぶりです。以前は母とよく行った買い物に、行ってみたいような気もしたのです。

「どんなお酢にしましょうか」

「任せるよ。いいのを見つけてくれ」

良いお酢とはどんなものかわかりませんでしたが、はいと一声答え、わたしはお使いに出かけました。

酢ではなくビネガーと言ったのは、ただの気取りではなくてそれなりの意味があるはず。そう考えたわたしはいくつかの店をまわり、上等と思われるワインビネガーを買ってきました。早太郎様の喜びようはたいへんなもので、瓶を抱えたまま応接間でぐるりと一回転したぐらいです。

それからというもの、早太郎様はしばしば、わたしに買い物を命じられました。

「あまり、画鋲を買ってきてくれないか」

「あまり、糸鋸を買ってきてくれないか」

「あまり、乳鉢を買ってきてくれないか」

それぞれは他愛ないものでしたが、買い物を済ませると早太郎様はいつも、はしゃぐように喜ぶのでした。

そんな早太郎様を見て、わたしは最初、まるで幼い子供のようだと思っていました。確かにそれは、間違いではなかったと思います。ですがそれだけではないと、わたしは次第次第に、気づきました。

早太郎様は、もうずいぶん長い間、この北の館に住んでいるようです。

北の館には、食堂はあっても厨房がありません。わたしが来る前から食事は本館から運ばれていたのでしょう。となれば、小間使いとの接触もあったはずです。

しかし早太郎様は、どうやら、彼女たちには買い物を頼めなかったようなのです。それが早太郎様の人見知りのせいなのか、それとも何か禁令があったためか、わたしにはわかりません。わかるのは、わたしが買ってくるもの一つ一つを早太郎様が渇望していたということ。気分屋ではあってもつらそうな素振りを見せたことのない早太郎様ですが、やはりこの方は、軟禁されているのです。

……わたしは結局、最期のときまで、母を喜ばせることはかないませんでした。してみると、いったい自分は他人を喜ばせたことがあっただろうかと、そんなことまで考えてしまいます。お使いがこれほどまでに喜んでもらえるなら、それは本当に、お安い御用というものでした。

しかし、とある買い物のときでした。

いつものように千代さんに行き先を告げ、出かけようとしたところを呼び止められました。振り返ると、千代さんが怪訝(けげん)そうな顔をしていました。

「お待ちください」

「なんでしょう」

千代さんと話すのは、とても苦手です。わたしは北の館にあってはただの小間使いですが、本館では妾腹とはいえ、六綱家の者です。どちらが上なのかわからずに、わたしと千代さんは、お互いに遠慮しあって話さねばなりません。千代さんもその居心地の悪さを感じているのか、伝える言葉は短いものでした。

「光次様がお呼びです。書斎に来るように、と」

なんだろうと思いながら、初日に訪れたきりの書斎のドアを叩(たた)きました。思えば光次様と言葉を交わすこと自体、久しぶりのことです。

仕事の最中にわたしを呼び出したのでしょう。光次様はデスクに向かい、何か署名をしているようでした。

「少し待て」

そう言ってさらに数枚の書類に目を通すと、軽い溜息と共にそれを揃え、光次様はデスクの上で指を絡めます。低い声で訊かれました。

「兄のために、使いをしているそうだな」

「はい」

いけなかっただろうか、と不安に思いながら答えます。

「私は君に、兄を別館から出さないよう、言いつけたはずだが」

「はい。早太郎様は、出ようともなさらないようです」

「そうかな」

光次様は、手元のメモを取り上げました。

「ずいぶんと雑多なものを買わされているようだが、兄がそれで何をするつもりかわかるかね」

「さあ……」

「ふむ、だが酢に糸鋸の二つだけを並べれば、ぴんと来ないかね」

はっとしました。光次様の言わんとすることがわかったのです。

北の館は二重の扉で閉ざされています。しかし、窓は鉄格子で塞(ふさ)がれているだけ。酢で腐食を進め、糸鋸で切れば、出ることも可能になるでしょう。

「では、早太郎様は、別館を出ようと」

しかし光次様は、わずかに言い淀(よど)みました。

「……それだけであれば、構わない。見廻りをさせるだけのことだ。君はこれまで通り、買い物の内容を逐一、千代に報告してくれればいい。私が君を呼んだのは、今日の買い物が気になったからだ。兄は君に何を買って来いと言った」

それは千代さんに伝えてあります。光次様はもちろんご存じに違いありませんが、わたしに言わせようとしているのです。

「鉛です」

ふむ、と、光次様は呟(つぶや)きました。

絡めたご自分の指に目を落とし、光次様はしばし沈黙していました。ややあって、思い切るように、

「内名君。僕が気にしているのは、鉛が有毒な物質だということだ。兄には別館を出てもらっては困るが、好きに毒を呑(の)んでもらうのも困るのだ。まさかとは思うし、鉛は服用しても、すぐに死ぬというわけではない。しかし、今後もし妙なものを求めら

れたら、買いに出る前に千代に相談しなさい」

用はそれだけだと言われたので、わたしは書斎を辞しました。

滑稽（こっけい）な心配性だ、と思いました。早太郎様は気分の上下が激しい方ですが、自殺を考えるほど落ち込むところは、想像もできません。それに私が命じられた鉛は、ほんのひとかけらなのです。

でも……。

わたしは初めて、疑問を持ちました。変わった買い物には、どんな意味があるのだろうか、と。

4

それ以来、光次様を心配させるようなことはありませんでした。わたしはただ言われるままに、木材やニスや凧糸（たこいと）などを買ってきました。

買い物を進めるうち、早太郎様は少しずつ、わたしへの信頼を深めてくれるようでした。ある日、言いつけ通りに麻布を買って戻ると、早太郎様はこれまでにない上機嫌でこんなことを言いました。

「ありがとう。この館に閉じ込められてきた誰も、僕ほどには恵まれていなかったと思うよ」

わたしもこの頃は、早太郎様に対しても話しやすさを感じていましたので、尋ねることができました。

「前に、ここに閉じ込められたひとがいたんですか」

「いたさ。そのための建物だ」

早太郎様は少し考えて、テーブルをちらりと見ました。

「あまり、お茶を持ってきてくれ。僕はミルクティー。君も何か作ってもらうといい。気が向いたから、この館のことを話してやるよ」

厨房でミルクティーを二杯淹れてもらって、応接間のソファーに向かい合わせに座ります。こうして早太郎様と面と向かって話をするのは、あまりないことでした。

そうして早太郎様は、この建物の由来を話してくれました。

「さて、あまりは六綱のことをどれぐらい知っているかな。まあ、簡単にいこうか。六綱家の初代は龍之介といってね。時流を読んで、紡績工場を当てた。『女工哀史』じゃないけど、当時はなかなか張り切った人使いをしていたようだね。ところが何もかもは上手くいかないもんでね。龍之介の長男は正一と言ったんだが、これに奇矯の振る舞いが多かった。なにせ成り上がろうって時期だからねえ、人目を憚る。それで龍之介は屋敷を建てるとき、正一を一生閉じ込めるための別邸も建てた。それが、この離れだ。つまりね、ここは最初から、豪奢なる座敷牢だったのさ」

どうしてか、早太郎様はたいへん楽しそうでした。

「さて、紡績はやがて行き詰まる。そのへんの理由は歴史の教科書にでも出ているだろう。六綱は目端を利かせて紡績を捨て、製薬に舵を切った。これがまた大当たりしていまに続くわけだが、この時にちょっとばかり手管を使った。平たく言って、役人に賄賂を摑ませたんだな。新参者の仁義ってわけでもなかろうけど、鼻薬はよく効いた。効き過ぎて、警察に目を付けられたぐらいだ。この時、要になる証人がいてね。この離れは、その証人を匿う隠れ家に使われた。甲斐あって、六綱は無事に縄目を逃れたわけだ」

「その時、正一様はどうしていたんですか」

「ああ、とっくに自害していたよ」

あっさり言うと、早太郎様はいっそう機嫌良く先を続けます。

「さて、そうして先々代、恭一郎の時代だ。この人はね、逸話が多すぎて、僕も全部は信じていないぐらいなんだよ。ここに関係のある話に絞ると、つまり恭一郎という人はかなりの好色だったらしい。それも変態の類だ。六綱家の恥だが、あまりは家族だからいいだろう。重度の嗜虐性向者だったらしいね」

早太郎様があまりに平気に話すので、かえってわたしが恥ずかしくなりました。

「愛人を何人も作って、鞭だの縄だのでご乱行の限りを尽くした。そのうち、お気に入りの一人が出来てね。通うのも面倒ということで、この離れに呼び寄せた。あまりは掃除をしているから、この屋敷に地下室があるのを知っているだろう」

わたしは頷きました。じめっとしているだけで、何もない部屋です。

「あれは恭一郎が、お楽しみのためにわざわざ作らせたものだ。馬鹿馬鹿しいだろう、この離れそのものが座敷牢だというのに、さらに地下を作る。まあ、気分の問題だったんだろう。幸いここの壁は厚いから、夜な夜なあられもない悲鳴が響いてくる、なんてことはなかったらしいがね」

何も言えず、わたしはただ聞いていました。同じく六綱の愛人だった母のことが、ほんの少し頭をかすめました。

「だからね。ここは、六綱家の歪みを隠しておく場所なんだ。僕の部屋には、初代の息子が猟銃で自殺したときの弾痕が残っている。散弾だったからね、小さな穴がいくつも開いているんだ」

ミルクティーを飲みながら、早太郎様はこう話を締めくくりました。本宅に押しかけた妾の娘を住まわせるには、なるほどと思いながら聞いていました。

わたしは、なるほどと思いながら聞いていました。本宅に押しかけた妾の娘を住まわせるには、確かにちょうどいい場所です。

ですが、それでは。

これまでずっと疑問だったことが、なおさら不思議に思われます。

早太郎様は少し変わっていますが、狂気に陥っているとも思われません。わたしのように、早太郎様も私生児なのでしょうか。それも、頷けないものがあります。光次様の名には次の字が入り、早太郎様は太郎です。嫡流の長男らしいお名前だと思うのです。わたしに残されたあまりという名前とは、格段の差があります。

早太郎様、あなたの名は、六綱早太郎ですか。

早太郎様、あなたはなぜ、この北の館に閉じ込められているんですか。

そうしたことを訊きたくはありましたが、口に出すことはできませんでした。まだ触れられないような気がしましたし、それに早太郎様の機嫌を損ねるのが怖かったからです。

そのあたりの事情を、わたしは思わぬ形で知ることになります。

十二月も半ばを過ぎた頃。わたしは大掃除のつもりで、数日かけて北の館のあらゆる場所を雑巾がけしていました。些細なことでも変化をつけると、決まりきった毎日の仕事にも張り合いが出るのです。そうして、廊下の床板を雑巾で磨いていたところ、応接間から意外な声が漏れ聞こえてきたのです。盗み聞きするつもりはなかったのですが、ついつい、樫のドアをほんの少し、押し開けてしまいました。

声は、北の館ではついぞ姿を見たことのない、光次様のものでした。

「もう年の瀬だからね。一度、兄さんの顔を見ておきたくて」

わたしに対するものとは違う、どこか砕けていて気安い、光次様の声。それはやはり、家族に話しかける声でした。

「そうか。忙しい身だろうに、悪いな」

しかし早太郎様の方は、わたしに話すよりも遠慮がちで、言葉もどこか、翳っているようです。それは不思議なことではありません。六綱家の柱として本館に君臨する弟と、いわくつきの別館に閉じ込められた兄。早太郎様が多少の卑屈さを滲ませたとしても、それはむしろ自然なことでしょう。

薄く開いたドアの隙間からは、ソファーに体を沈める早太郎様と、わたしが日々掃除をしている応接間を見まわす光次様が見えました。

「いい部屋だ。だけど不自由だろう」

早太郎様は、何を当たり前のことをと言わんばかりに笑いました。

「ああ、不自由だ。もちろんだ。だが、妹のおかげで助かっているよ」

「妹」

と、光次様は怪訝そうです。早太郎様を助けている『妹』になど、心当たりがないように。

「詠子が、何かしているのか。ここには近づくなと言ってあるはずだが」

「詠子は姿を見せたこともないよ」

どうやら六綱家には、詠子という娘もいるようです。知りませんでした。本館は通るだけなので、仕方がないのですが。

「なら、誰だ」

「本当にわからないのか。あまりだよ。内名あまり。お前が寄越したんだろう」

「……ああ。あれか。よくやっているみたいだな」

おざなりにそう呟くと、光次様は思い切ったように言いました。

「なあ、兄さん。まだ気は変わらないのか。兄さんが一言、継ぐと言ってくれれば、それで済む話じゃないか」

早太郎様は、あからさまにうんざりとしたようです。

「しつこいな。出来ることと出来ないことがある」

「どうしても、出来ないと」

「そうだな。まあ、もう少し、やりたいこともある」

すると光次様は、苛立ちと嘲笑を混ぜ合わせて言いました。

「この、牢獄のような館でか」

早太郎様は、ゆっくりとかぶりを振りました。

「牢獄は安全だ。獄卒さえまともなら。光次、正月の雑煮には鴨を入れてくれ。今年はなくて寂しかった」

それには答えず、光次様は憤然と、わたしが覗いているのとは別のドアから応接間を出て行きました。

何か複雑そうだなと思いながら、わたしもその場を立ち去ろうとします。ところがふとした拍子に、薄い隙間越しに、わたしと早太郎様の目が合ってしまいました。

気分屋の早太郎様です。立ち聞きされていたことを知ったら、どんなにか不機嫌になるでしょう。それが怖くて、素早く身を翻します。しかし案の定、早太郎様の声が追いかけてきました。

「あまり、おいで」

ばれてしまっては仕方がありません。わたしは観念して、せめてしおらしく肩を縮こまらせて、応接間に入りました。手にはまだ、拭き掃除のための雑巾を持ったままでした。

しかし早太郎様は、怒ってはいませんでした。むしろ口許には笑みが浮かんでいたのですが、それはどこか、寂しげなものでした。

手振りで座るよう示されたので、ソファーに腰掛けます。早太郎様は言いました。

「聞いていたね」

「はい。すみません」

「いや、むしろ……」

と、早太郎様は天井を仰ぎました。

「……むしろ、いままで話していなかったのがおかしいんだ。あまりには、この別館の由来も話した。いろいろ用も頼んだ。それなのに、僕のことを話していなかったのは間違いだった」

話すと決めたら、早太郎様はわたしの心づもりなど気にもしないようでした。テーブルの上に前かがみになり、早太郎様は訥々と話してくれました。

「知ってる通り、この別館は牢獄だ。僕がここから出ると、光次にとっても六綱家にとっても、いや、六綱の事業全体が、とても困ったことになるのさ。……というのも、この僕が、六綱家の正当な当主だからなんだ。

父が事故に倒れて、もう六年になる。父の先が長くないと思った六綱家は、父が生きている間に、六綱の事業だけでも僕に継がせようとした。六綱家の私的な財産の処理は、後でも構わない。でも商売と、それにくっつく権力にとって、空白は困る。僕は二十代で六綱をしょって立つことが決まったんだ。

父が重態だから華やかにはできないが、それなりに祝いの席も設けようということになった。次期会長お披露目も兼ねてね。そういう実務は光次が取り仕切ってくれた。六綱本家の事故にかこつけて食い込もうとする親戚連中を、光次は二十歳そこそこの身で、見事に捌いてみせたのさ。そのやり方は本当に辣腕で、自分の弟にこれほどの才覚があるとは思っていなかった僕は、ずいぶんとびっくりさせられたものだった。

ところが事業を受け継いですぐ、僕もまた、事故に遭った。実務に入る前に羽を伸ばそうと出かけた海で、ヨットがひっくり返ったんだ」

そこで早太郎様は言葉を切って、しばらく考え込みました。言うべきかどうか迷っていたようですが、やがて、決心がついたようでした。

「いや。あまりも六綱家の者だ。全部話そう。父の場合も、僕の場合も、たぶんただの事故じゃない。表向きは『製薬の六綱』で売ってはいるけれど、これで結構、やくざな仕事もやっているものだからね。誰が僕たちを害そうとしたのか、僕は知らない。そういうことも、どうやら光次が綺麗に片づけてくれたようだ」

わたしは、自分が六綱家に来たその日のうちに、光次様がわたしの旧居を始末してしまったということを思い出していました。

「ところが僕は、九死に一生を得た。一緒に乗っていた仲間はみんな死んでしまったけれど、僕は泳ぎが得意なんだ。

岩場に流れ着いて、体中に切り傷と打ち身を作りながら岸に這い上がって、それから考えた。僕はもともと、六綱の家も事業も継ぎたくはなかった。僕にはやりたいことがいろいろとあったんだ。……だから僕は、そのまま姿を消すことにした」

「一文無しで、ですか」

知らず、わたしはそう言葉を挟みます。早太郎様は苦笑いして、

「それよりももっと悪い。着ていた水着も波に流されて、僕は文字通り、裸一貫だったからね」

わたしは黙り込んでしまいました。

「それで僕は、前々からやりたかったことをやることにした。僕が生きていることが知れてはまずいから、誰にも頼れない。でも僕は、そこがいいと思っていた。あちらこちらと貧乏旅行して、好きなことをした。身を立てていけるだけの芸が自分にあると思っていた。ところがそれは、勘違いだった」

その頃のことを思い出すのか、早太郎様は手元を見つめ、深い溜息をつきました。

「一年半。それで僕は、もう充分だと思った。みっともない姿で千人原に辿り着き、そのまま家に入るわけにもいかないから、光次を呼び出した。喜んでくれると思ったんだ、僕が生きていると知って。ところが光次は、僕を見ると真っ青になった。

僕が死んだと思われた以上、誰かが六綱の事業を継がねばならない。それでも光次は一年待った。待ってから、自分が会長になった。わかるね。千人原に帰ってきたとき、僕はもう死人で、六綱の会長は光次だったんだ」

その口元に皮肉な笑みが浮かぶのに、わたしは気づいていました。

「聞けば、六綱は既に、六綱光次新会長の下でがっちりと体制を固めたという。確かに光次は有能だ。一度は六綱を捨てた僕がのうのうと戻ったところで、厄介の種を撒き散らすだけじゃないか。だから僕は千人原を去ろうとした。でも、光次はそれを許さなかった」

早太郎様は、らしくもなく、肩をすくめてみせました。

「当然のことだ。光次にしてみれば、僕にのこのこ表を歩かれては困る。僕にそのつもりがなくても、生きているだけで厄介の種なんだ。僕が生きていることを知れば、六綱家の正統な後継者でございと担ぎ上げたい連中はいくらでもいる。なにしろ光次は切れすぎる。その点、僕なら、傀儡になっても平気な顔をしているだろうからね。だから光次は、僕をここに閉じ込めた。信用の置ける使用人か、あるいは何の事情も知らない新米の使用人だけを寄越して、もう何年も僕をここに閉じ込めているんだ。……ひどいことに、鴨も入れない雑煮を食わせてね」

それでおおよそ、光次様が次男なのに主人として振る舞っている理由も、長男の早太郎様が北の館に入っている理由もわかりました。わからないことはひとつだけ。

「ですが光次様は、先ほど早太郎様に、継いで欲しいとおっしゃっていました」

つい、そう尋ねると、早太郎様は奇妙な笑いを浮かべました。奇妙に優しく、奇妙にあたたかい微笑でした。

「あまりは、優しい子だな」

「…………」

「僕がなぜ、ここにいられるのか。食事と小間使いをつけられて、生きることを許されているのか。あまり、それは僕が、家督にも事業にも興味がないと言い続けているからに過ぎないんだよ」

わたしは胸を衝かれ、早太郎様は続けます。

穏やかに、早太郎様は続けます。言葉を出すことができません。

「いまのところ、僕は光次にとって、いてもいなくても同じような存在だ。でも、目障りなことに違いはない。僕がおとなしくしているから、あえて叩き潰すまでもないと思われているだけだ。

もし、さっき僕が『わかった、継ごう』と言っていたら。……明日の朝には僕だけじゃなく、あまり、君も冷たくなっていただろう。実を言えば、僕はそれでも構わない。僕が生きているのは、既に余生だ。でも、君はそれじゃ困るだろう」

「……まさか、そんな。光次様がそんなことを」

痺れたように縺れる舌を、何とか動かします。

「するさ」

と、早太郎様は笑い飛ばします。

「するさ。平気で、する」

「だって」

「光次は厳しい男だが、悪い奴には見えないだろう」

そう言われ、わたしは振り子人形のように、二度三度と頷きます。すると早太郎様は、詩を口ずさむように言いました。

「殺人者は赤い手をしている。しかし彼らは手袋をしている。こいつは光次が言ったことだがね。……この数年、僕の世話をしていた小間使いがなぜか不意にいなくなってしまったことは、一度だけじゃないんだよ」

わたしは、自分が手の中の布を硬く握り締めていることに気づきます。そんなわたしを見て、早太郎様は、愉快そうでした。

「ああ、そうだ。この間は嘘をついて悪かった。そのことを詫びて、本当のことを教えよう」

早太郎様はぐいと身を乗り出すと、手を口に当て、押し殺した声で囁きます。

「この館に最初に入った、初代の長男。汚職事件の証人。先々代の愛人。長男は自殺じゃないし、証人は匿われたんじゃない。愛人も、ここを生きて出ることはなかった。ねえあまり、わかるだろう」

そして早太郎様はくつくつと笑うと、ソファーを立ちました。ひょろりとした病的な瘦身(そうしん)を揺らしながら、応接間を出ようとドアを開け、早太郎様は肩越しに振り返ります。

「明日でいいから買い物を頼む。卵が欲しいんだ。新鮮なやつを、ひとつでいい」

5

年が明けて、寒い日が続きます。

あの日、早太郎様が話してくれたことは、本当だったのでしょうか。もしかしたらただの怪談で、早太郎様はわたしをからかっただけだったのでしょうか。思えば最初の日、光次様は言いました。——気をつけて行動しなさい。目はいつも光っているし、あまり迂闊(うかつ)なことをすると、後悔では追いつかないよ。

後悔では追いつかないことというのは、つまり、そういうことを意味していたのでしょうか。

いずれにせよ、六綱家は平穏無事な場所ではないとわかりました。はじめからわかっていたつもりでしたが、到底、考えが足りていませんでした。もっともっと、身を慎んで立ちまわらなければならなかったのです。

そんなことばかり考えていたので、当然来るべき時が来ても、わたしはほとんど上の空でした。

ある雪の日。早太郎様はわたしに、これまでより群を抜いて風変わりな買い物を命じました。その買い物のため、千人原をずいぶんと動きまわることになりました。ようやく買い物を済ませると冬の日は暮れかけて、お屋敷に帰り着く頃には、すっかり宵闇が降りていました。

通用門から本館に入り、廊下にまで暖房が行き届いているあたたかさに生き返る思いをしながら、北の館へと向かいます。そこでわたしは、初めて詠子様に出会ったのです。

身に着けているワンピースの仕立ての良さと、堂々とした振る舞いとで、この方が詠子様だとすぐにわかりました。詠子様は、早太郎様や光次様に比べると、ずいぶんとお若いようです。二十歳、あるいはもしかしたら、十代かもしれません。厳しいぐらいに涼やかな目元は光次様に似ていますが、どことなく神経質そうな翳りが見えるのは、早太郎様に似ていました。

見慣れぬ小間使いに、詠子様は最初、一瞥をくれただけでした。しかしすれ違いざま、ふと気づいたような声でわたしを呼び止めました。

「待ちなさい」

「……はい」

わたしは外套を着たままで、胸の前には一升瓶を抱えておりました。人目につかぬよう、瓶には黒い布をかぶせてあります。我ながら怪しげな風体だったと思いますが、詠子様はわたしの姿などには、興味がないようでした。

「あなたね。黒窓館で働いているのは」

黒窓館という呼び名は知っておりました。北の館のことです。

ご大層な名づけに、わたしは内心、鼻白む気がしていたものです。ところが詠子様がそう口にすると、大仰な寒々しさが消える感じがするのは不思議でした。わたしは答えました。

「はい。そうです」

「なら、あなたが内名あまりね」

「はい。そうです」

すると詠子様は、この六綱邸でわたしがついぞぶつけられることのなかった感情、軽蔑を、あらわにしたのです。

「妾の子が座敷牢の牢番だなんて、素敵じゃない。光次お兄さまも、たまには気が利いたことをなさるのね」

ぼんやりと、やっとこの時が来たんだな、と思いました。

自分の立場について、わたしはいささかの幻想も持っておりません。光次様が実務一点張りの対応をなさっても、早太郎様が心安い言葉をかけてくださっても、わたしが本宅に乗り込んだ妾腹(しょうふく)の子であるという事実は変わらないのです。いずれ遅かれ早かれ、日陰者の身の上をなじられるとわかっていたのです。

むしろ詠子様の軽蔑は、わたしにとっては少しほっとするものでした。なぜならそれは、六綱邸に来てからほとんど初めて出会う、常識的な反応だったからです。

詠子様は言いました。

「お父さまに何を吹き込んだの。あなたのこと、家族だから大事にしろって言われたわ」

そして大袈裟(おおげさ)に自分の体を抱くと、身を震わせてみせるのです。

「おお、いやだ。冗談じゃないわ。押しかけてきた妾の子が家族なら、捨て犬を家族にした方がよほどにましというものよ。だいたいあなた、ご自分の母親はどうしたの。父親を脅して牢番なんかしてるぐらいなら、少しは母親にも孝行したらどうかしら」

おや、と思いました。

わたしは、特に何の感慨もなく、詠子様の誤解を正します。

「母は、死にました」

「え」

「最期（さいご）に、六綱家に行くようにと言い残して。まともな葬式も出してあげられなかったのが、残念といえば残念です」

すると、思わぬことがおきました。

詠子様は口をつぐみ、たじろぎ逃げ出そうとして踏みとどまり、仮面が剝（は）がれ落ちるように嘲笑（ちょうしょう）が掻（か）き消えたのです。

「そんな。わたし、知らなかったのよ。そんなつもりじゃなかったのに」

「ああ、いえ、いいんです」

「良くないわ」

と、詠子様は叫ぶように言いました。

「こんなのは良くないわ。詠子ったら、いつもこう。ああ、どうしてこうなのかしら。ごめんなさい、あなたのお母さまを侮辱する気はなかったの。何を持っていらっしゃるの、重そうね。詠子が持ってあげるわ」

「あ、これは」

止める間もなく、詠子様はわたしの手から、一升瓶を取ろうとします。渡すまいと頑張ったら、瓶を覆っていた布が落ちてしまいました。途端、ひっと悲鳴を上げて詠子様が飛び退きます。

「な、なによそれ」

見られて問われたからには、仕方がありません。手の中の、赤黒い液体で満ちた一升瓶を見下ろして、わたしは答えました。

「血です」

ぎゃっと声をあげ、詠子様は今度こそ、逃げて行ってしまいました。

黒い布を拾い上げ、再び一升瓶を隠すと、ひとりきりの廊下でそっと溜息をつきました。やっぱり六綱家には、まともな人はいないのでしょうか。

いつものように鉄扉に鍵を差し込み、重い扉を開きます。暖房の効いた本館の廊下から、厳寒の渡り廊下へ。そして北の館に戻ると、早太郎様が応接間で待っていてくださいました。

「おかえり。寒い中、悪かったね」

「いえ。遅くなってすみません」

わたしはテーブルの上に、血を満たした一升瓶を置きました。

「お望みの血、お持ちしました」

早太郎様が息を呑むのが、はっきりとわかりました。

震える指先で、一升瓶をつかみます。

「これだ。これが欲しかったんだ。普通に売ってるものじゃないからね、苦労しただろう」

「はい、少し」

早太郎様はもうそれ以上何もいわず、一升瓶を大事そうに抱えると、ふらふらと自室へと戻っていきました。

血は、牛の血です。動物の血であれば何でもいいと言われたので、最初は輸血用の人血を手に入れようとしましたが、失敗しました。売血に応じてくれそうな人間を探そうかとも思いましたが、いくつか心あたりを辿って、牛の血を手に入れることができたのは幸運でした。

早太郎様の望みに脈絡がないのには、もう慣れました。たぶん血にも意味はないのでしょう。

……ただ、わたしにはひとつ、気にかけていることがあります。

年が明けてからというもの、早太郎様は急に痩せてきました。もともと、見ていると心配になるほど細身の方でしたが、さらに肉が削げてきたようです。

見た目だけのことではなく、体調も優れないようです。わたしの前ではつらそうにはしませんが、サイドテーブルや壁に手をつく姿を、何度か見かけました。食欲もないようで、何度かわたしは、もう少し召し上がるよう申し上げました。

体を損ねやすい季節です。わたしはボイラー室に出向き、暖房を少しだけ、強く調節しました。

6

季節が進むと、早太郎様の不調は明らかになっていきました。時折めまいが襲うようで、ある時など、廊下に膝をついていたぐらいです。

早太郎様の不調は、わたしの他には誰も知りませんでした。本館との間には電話がありますが、早太郎様は何かの意地のように、ご自分の体調のことは伏せていました。

冬も終わりに近づいた日、いつものように買い物を命じられました。今日の買い物は、ラピスラズリの原石。動物の血ほどに異常なものではありませんが、手に入れる難しさはそれ以上でした。宝石であれば、宝石店に行けば買えましょう。千代さんから預かったお金だけで、小さな宝石店のラピスラズリなど買い占めることも出来たでしょう。ですが、早太郎様が欲しいのは、原石です。宝石店に原石はありません。

困り果てて宝石商に相談すると、親切に助言をしてくれました。

「ラピスラズリなら、画材屋に行けばあるかもしれないな」

宝石と画材とにどんな関係があるのかわかりませんでしたが、半信半疑で店を探せば、ラピスラズリは確かに売っておりました。両手に盛るぐらいのラピスラズリ。早太郎様はさぞ喜ぶだろうと思いながら、北の館に帰ります。

「ただいま戻りました」

返事がありません。

早太郎様はいちいち返事などしませんし、そもそもわたしがただいまを言うこと自体、あまりないことです。なので、さして不審にも思いませんでした。

ですが応接間に入って、ぎくりとすることになります。

早太郎様は、その痩せ細った長身を、ソファーにながながと横たえていたのです。顔は紙のように白く、わたしを見る目はうつろでした。買い物どころではありません。

わたしは思わず駆け寄ります。

「早太郎様、大丈夫ですか。お加減が悪いんですか」

「ああ、あまり、戻ったか。……大丈夫。少しくらくらしただけだよ。それよりどうだい、ラピスラズリは、手に入ったかい」

「え、ええ」

手の中の袋を見せると、早太郎様はにこりと笑いました。

「さすがだね、あまり。手に入れられなかったものは、何一つない。これなんか、見つからないだろうと思っていたのに」

無理をしているような早太郎様を宥めるように、わたしも笑顔を作ります。

「そうですね、たいへんでした。宝石屋さんにはありませんでしたが、お店の人に教えてもらって、画材屋さんで買うことが出来ました。どうして宝石が、画材屋さんにあるんでしょうね」

すると早太郎様は目を閉じて、長い息を吐きました。どうしたのだろうと訝るわたしに、早太郎様は言いました。

「ラピスラズリは、とてもいい材料になるんだ。……そうだな。そろそろ、見せてもいいかな」

重そうに体を持ち上げると、早太郎様はわたしを手招きします。

「おいで。僕の部屋を見せてあげる」

北の館の掃除を任されているわたしですが、早太郎様の部屋には、実は一度も入ったことがありません。早太郎様が入るなと言うからです。機嫌を損ねたくないわたしは、入りたいと言うことすらありませんでした。それがどうして、いまになって。

「早く」

と、早太郎様が呟きました。

早太郎様の自室は、建物の作りから想像していた通り、二つの部屋が続きになっていました。意外なことに、手前の部屋を寝室にしているようです。深い緑の壁紙、鈍い金色で飾られた照明。足元の絨毯も、館のほかの場所よりも良いもののようでした。

しかし、早太郎様がわたしに見せたいのは、次の間のようでした。

ドアが開くと、わたしは顔をしかめました。何とも言えない臭気が鼻を衝いたのです。わたしは、かつて自分が早太郎様に届けた酢や、卵や、牛の血のことを思い出します。早太郎様は何をしているんだろう、もしかしたらこのひとは、本当は狂ってしまっているのではないか。突然の不快な匂いに、そんなことさえ思いました。

早太郎様は慣れた様子で部屋に入ると、言いました。

「あまり、見てくれるかい。これが、僕がやりたかったことだ」

恐る恐る早太郎様に続きます。

そこにあったものに、わたしは息を呑みました。

「これは……」

早太郎様の部屋にあったものは、わたしの肩の幅ほどの、小さな絵でした。

一目見て、わたしは悟りました。早太郎様に命じられて、わたしが買ってきたもの。木材と麻布は、早太郎様の自室で、カンバスになっていたのです。

画面の下半分は、青い海でした。青波のうねりと、ところどころに立つ白波が、荒々しいほどに力強い筆遣いで描かれておりました。

上半分は、青い空でした。いえ、それは変わった色遣いでした。そこは空で間違いないと思われるのに、塗られているのは青ではなく、むしろ紫に近い色だったのです。朝の一瞬なのか、それともこの色が早太郎様のイメージする美しい空なのか。わたしには不可解にさえ思える紫ですが、ただその静かさと広がりだけは、わたしにもわかりました。

波うつ海と、静謐（せいひつ）な空。そしてその間には、三人の人間が描かれています。

その人間もまた、青なのです。青、青、青。

早太郎様の部屋にあったのは、どこまでも広がる青でした。

ようやくのことでわたしが口にしたのは、思い出しても恥ずかしくなってしまうぐらい、当たり前のことでした。

「青いですね」

しかし早太郎様は、嬉しそうに頷きました。

「そうだ、青いんだ」

「どうして青なんですか」

「それは、ある種の青が人の心を惑わせるからだ」

自分で描いた絵を見つめ、早太郎様は呟くように言いました。

「あまりのおかげで、僕はもう一度、絵を描くことができている。絵筆と、いくつかの顔料と染料だけは、どうしても捨てられなかった。僕が道を誤ったのは絵のせいだ。だから僕は光次に、絵の道具をくれとは言えなかった。言ったとしても、光次はたぶん、くれはしなかっただろう。それでもう二度と、絵は描けないと思っていたのに。本当に、あまりのおかげだ」

すっと腕を上げると、早太郎様は波の青を指差します。

「この色は、無理を言って頼んだ、あの牛の血からできている。伸びのある青はなんといってもプルシャンブルーでないといけない。赤い血からもっとも深い青が生まれるのは、不思議なことだよ」

指は上に動き、空に向きます。

「海は油彩で塗るのに、空はどうしても水彩で塗らなければならなかった。手元に残していた青花紙（あおばながみ）と紅を使いたかったんだ。そのためには最低限、下地は乳化させないといけない。そこで卵を使う。下地には、シルバーホワイトを使った。鉛と酢があれば、白は手に入る。プルシャンブルーも、ウルトラマリンブルーも、買ってきてくれと言うのは簡単だった。でも僕は、自分で作りたかった」

「……どうしてですか」

早太郎様は指を下ろして、かぶりを振りました。

「それはたぶん、僕が画家じゃないからなんだろう。

僕がなりたいのは、画家だと思っていた。絵を描いて暮らしたいと思っていたから、ヨットがひっくり返ったとき、僕は六綱を捨てて逃げた。だけど一年半でわかったんだ。僕はシルバーホワイトを作り出せるし、コチニールレーキも作るし、カドミウムイエローさえも作ったことがある。それは、より美しく描きたいと願った人々の思いを追体験することでもあった。僕はそれが楽しくて、熱中した」

「色を作ることに、ですか」

「そうだ。実に楽しかった。でもね、そうして出来上がった僕の絵は、どう見ても美術館より博物館に相応しいものだった。美しい絵ではなかったんだよ、あまり。何十枚描いてもそうだった。だから僕は画家を諦め、千人原に戻り、ここにいる」

早太郎様はそう言いますが、しかし。

わたしは、目の前の絵を見つめます。多様な青の微妙な違いだけで、絵は作られていました。空と海の間に立つ三人の青いシルエット。表情もないのに、なぜだかわたしは、彼らが兄弟だとわかりました。

「でも、わたしはこの絵が好きです。この三人は、もしかして……」

すると早太郎様は目を見開き、その表情には驚きと喜びが入り混じりました。

「わかったのか。そうだ。この三人は、僕たち兄弟を描いている。僕と、光次と、詠子」

細身で、ちょっと斜に構えている早太郎様。

顎に手を当て、まっすぐこちらを向いている光次様。

詠子様はまだ子供で、光次様の袖につかまっています。

描かれているよりも更に痩せた早太郎様は、何かの思いの故か、それともやはり具合が悪いのか、額に汗を滲ませています。

「僕はもう、余生を生きているようなものだ。何の未練もないし、むしろ、光次の心配の種であり続けるのには疲れた。いつ死んでもいいと思っていた。でもいまは、家族の絵を描きたい。家族を描き上げるまでは、死にたくない。……あまり。ラピスラズリをおくれ」

差し伸べられた手はふるえ、細く白く、ぽっきりと折れてしまいそうでした。わたしはラピスラズリが詰まった袋を、その手にそっと載せました。

「そうだ、これだ。ウルトラマリンブルーが切れてしまってね。どうしても、欲しかったんだ」

袋の口を開け、中身の原石を一粒一粒、早太郎様は乳鉢に入れていきました。

「ウルトラマリンブルーは、マリンブルーの上の色ということじゃない。海を越えた青、という意味なんだ。ラピスラズリはアフガニスタンで採れる。ヨーロッパ人は、ただ青く塗るためだけに石に海を渡らせ、金とおなじ値の青を、ウルトラマリンブルーと呼んだ。これで描ける。これだけあれば、最後まで描ける。みんなを描けるよ」

そして早太郎様は袋を置くと、落ち窪(くぼ)んだ目でわたしをまっすぐに見て、言ったのです。

「ありがとう、あまり」

7

そして、桜の咲くころに、早太郎様は世を去りました。
その立場ゆえ、医者を呼んでもらうこともなく。
もう死んでいる人なので、葬式さえもあげられず。
それでも最期には、光次様と詠子様が、早太郎様を看取りました。
息を引き取る直前、ご兄弟に囲まれて、早太郎様は少し、照れていたようでした。

8

早太郎様は、絵を遺していきました。それは描き上げられたのです。
早太郎様の言葉が便箋に綴られて、添えられていました。

光次と詠子
ようやく、私は私の絵を描くことができた。

美しいものとはなんだったのか。どうあることが美しいのか。

絵画はどれだけの力を持てるのか。

その答えを、ほんのわずかでも描けたことを嬉しく思う。

できれば本館で、長く飾って欲しい。

悔やまれるのは、家族全員を描こうと思いながら、父だけは描けずに逝くことだ。


「兄は結局、そういう人間だったんだな。紫の空とは、わからんが」

目を絵から逸らすことなく、光次様はそう呟きました。

光次様の命で、絵は早太郎様の希望通り、本館の応接間に飾られることになりました。これまで北の館に閉じ込められた何人かと同じように、とうとう生きて出ることはなかった早太郎様。その代わりに、絵筆の跡だけでも本館に。光次様は何も説明しませんでしたが、たぶん、このように考えていたのだと思います。

わたしの見る限り、光次様は確かに安堵していました。自分の地位を脅かす男が消えたことに、ほっとしたことは間違いありません。ですがそれでも、この方はこの方なりに、人生を誤った兄のことを悼んでいました。青い絵を見る目の寂しさが、それを証し立てていました。

詠子様は、声を上げることこそなかったものの、ぽろぽろと涙をこぼし、いつまでも嗚咽(おえつ)を嚙(か)み殺していました。その姿は、これは泣くようなことじゃないとご自分に言い聞かせているようでした。たぶん詠子様は、誰にも聞こえないように言ったつもりだったのでしょう。しかしわたしは、たまたま聞いていました。詠子様はたった一言、「もっと会いに行けばよかった」と言ったのです。

早太郎様は、何も知らないままに逝きました。光次様も詠子様も、同じように、何も知らないままなのです。

光次様が不意に、手を絵へと伸ばします。青く塗られたその表面を搔(か)き取るような仕草をしましたが、思い直したのか、短い溜息(ためいき)をついて手を戻しました。

「光次様、どうなさいましたか」

そうお尋ねすると、思いがけず歯切れの悪い言葉が返ってきました。

「ああ、うん。絵の中に、髪の毛が塗り込められているようでね。抜けた髪が、顔料の中に落ちたんだろう」

言われてわたしも見ましたが、なかなか見つかりませんでした。よく目を凝らしてはじめて、絵の中に青く描かれた光次様の手に、髪を見つけることができました。

「ところで、内名君」

光次様はわたしに向き直ります。

「ひとつ、腑に落ちないことがある」

ほんのわずか、わたしは身を硬くします。

「と、おっしゃいますと」

「兄の遺書には、家族全員を描こうとしたが父は描けなかった、とある。この絵には確かに、兄と私と詠子が描かれている。だが、兄は君のことも、家族と認めていたように思うのだが」

さすがに光次様。生前、早太郎様が絶賛しただけのことはあります。隠そうと思っていましたのに、たちまち見抜かれてしまいました。開き直るわけではありませんが、わたしは悪びれず堂々と、お答えしました。

「はい。お察しの通り、わたしを描いていただいた絵があります。わたしも青でした」

「そうか。それは君のものだ。大切にするといい」

ありがとうございます、と頭を下げようとしたとき、横から声が上がりました。

「あの……。あまりさん」

赤い目をした詠子様が、わたしとは顔を合わせないよう俯いていました。

「出来たら、本当に、出来たらでいいんだけど。……そのお兄様の絵、詠子が貰えないかな」

「詠子」

鋭く、光次様がたしなめます。詠子様は反発することもなく、ただわたしの答えを待っていました。

わたしは、くすりと笑いました。

「あの絵は、未完成のものだったと思います。この絵ほど整っていませんが、それでもよろしければ」

詠子様の表情が、ほんの一瞬、ぱっと輝きました。

紫の空の絵を応接間に飾るのは、わたしの役目になりました。

本館の応接間は日の光に満ちて、部屋の中もうららかでありました。絵をどこに飾ればいいのかと、わたしはうろうろ歩きました。

その迷いを不思議に思ったのか、詠子様が声をかけてきました。

「あまりさん。どうしたの。そこの壁に飾れば、よく見えるでしょう」

「はい、詠子様」

と答えはしましたが、やはり気になります。口ごたえと思われませんようにと願いながら、わたしは言いました。

「ですが、その壁では西日があたります。絵が傷んでしまうかもしれません」

「……そうね」

と頷くと、詠子様は何か、考え込んでしまいました。

わたしは何とか、北向きの壁にバランスよく絵を飾るにはどうしたらいいかを考えていました。

「光次様。あのあたりはどうでしょう」

「そうだな」

光次様は首をひねります。

「手前の皿がうるさいが、あれを片づければ良くなりそうだな。よし、やってくれ」

飾り棚に立てられた九谷の大皿を片づけて脚立を開き、絵を飾ろうとした、その時のことでした。詠子様が突然、快哉のような声を上げたのです。

「ああ、そうよ」

眉を寄せ、光次様がたしなめます。

「大きな声を出すのはよせ。はしたない」

「ごめんなさい、お兄さま。でも」

詠子様はわたしのそばに立ち、言いました。

「絵を良く見せて」

「は」

「見せて」

語気荒く命じられ、わたしは青い絵を、自分の胸の前に掲げます。詠子様は食い入るように鋭い目つきで、絵をじっと見つめています。

持ち上げている姿勢に無理があり、長くは持っていられそうにありません。よく見たいのであれば、壁に飾ってからでも遅くはない。そう言おうとわたしが口を開きかけると、詠子様は唸るように、

「やっぱり」

と言いました。

「何がやっぱりなんだ」

「お兄さま。詠子には、早太郎お兄さまの目論見がわかったんです」

詠子様は、わたしの首の辺り、つまり青い絵の空の部分を指差しました。

「この紫は、どこかで見たことがあるような気がしていました。ただの紫ではない気

がしていたんです。思い出しました。詠子はこれを、『バベルの会』の方に見せていただいたんです」

「『バベルの会』」

鸚鵡返しに光次様がその名を呟くと、詠子様は不服そうに頬を膨らませました。

「お兄さまは、詠子の話などまるで聞いてはいらっしゃらないのですね。詠子が大学で籍を置いている、読書会のことです。『地獄変』から話が流れて、日本画のことをいくつか教わりました。その時、この紫も見たんですわ」

「そうか」

光次様の返答は、さして興味のなさそうなものでした。

ですが、詠子様は流れるような口ぶりで、思わぬことを話したのです。

「お兄さま。この紫は、露草の青と、紅の赤を加えて作ったものです。ですが、教養がおありになるお兄さまはご存じかもしれませんが、露草の色というのはとても色褪せしやすいのです。万葉集では『心変わり』の象徴として詠まれているぐらいです」

光次様は頷きました。

「それなら知っている。褪色しやすいだけでなく、水で流せばすっかり落ちる。だから反物の下絵を描くのに使うんだ」

「さすがですわ、お兄さま。では、青と赤を混ぜたこの紫で、露草の青だけが褪せていけば、どうなるでしょう」

そうか、と思いました。一方で、そんなことがあるのだろうか、とも。光次様も半信半疑なのか、はっきりとしたことが言えません。

代わりに、詠子様が言いました。

「赤が勝つんです。もうおわかりですよね、お兄さま。いまは、奇妙な紫の空ですわ。でも、何年か、十何年か経つと、この絵は変わります」

変わった絵が、わたしの心の中に浮かびます。青い海と青い人が変わらず、ただ空だけで赤が勝っていくのだとすれば。

早太郎様とは違い、感情の起伏に乏しい光次様も、思わずはっとしたようです。

「ああ……。日が暮れていくのか」

「黒窓館と違って、本館はよく日が当たります。その本館で長く飾れば、詠子たちはいつか、この絵が夕焼けになっていることを見つけるはずです」

紫の空が本当の光を浴び続け、やがて夕暮れへと変わっていく。それが、早太郎様の絵だったのでしょうか。

いいえ。口にはしませんでしたが、わたしはそれは違うと思っていました。もしも詠子様がおっしゃるような仕掛けが、この絵にあるのだとしたら……。

早太郎様がご兄弟を描いたその絵は、たぶん、朝焼けに向かっているのです。

わたしたちはしばらく無言で、青い絵を見ていました。

光次様が、ほんの少し、気のせいかと思うほど微かに、笑ったようでした。

「早く見てみたいものだな。早太郎兄さんが遺した、たった一つの工夫を」

9

北の館へと戻りながら、わたしは笑いたいような気持ちでいっぱいでした。

いつか朝焼け空に変わる絵。なるほどと思います。面白い。面白い手品です。観客が、そんなに長く待ってくれればいいんですが。早太郎様は最期まで、本当においたいひとでした。

事情を聞いたおかげで、体調を崩しても早太郎様は医者には診てもらえないだろうとわかりました。葬儀もなく、そして仮に死因が不審だったとしても、検死もないだろうと。そんな人間に一服盛るのは、容易いことでした。ましてわたしは、早太郎様に食事を運ぶ、ただひとりの存在なのです。

かつて母と二人で暮らしていた頃、学費を稼ぐため、わたしはいろいろなことをしました。ミルクの配達に女給、それに鼠の駆除。鼠を殺すのに使った砒素を、わたしは大事に持っていました。それが大いに役に立ちました。世話をしている男が痩せ細り、皮膚を白く変色させて弱っていくさまを、わたしは見守っていました。時に励まし、時にもっと食べるよう勧めました。

そうして恙無く、わたしは早太郎様を盛り殺したのです。紫の空の絵には注意しないといけません。あれには、早太郎様の髪の毛が塗り込められています。砒素は髪に溜まりますから、証拠になります。いずれ折を見て、あの髪だけでも始末しなければならないでしょう。

早太郎様は、光次様は人を殺したことがあると考えていました。「殺人者は赤い手をしている。しかし彼らは手袋をしている」。北の館に閉じ込められた者は、六綱の者によって殺される。早太郎様は光次様には油断をしませんでした。出来ればもう少し、背後にも気をつけるべきだったでしょう。

なぜ早太郎様は北の館に囚われているのか。この夢見がちな男を殺そうと決めたのは、それを聞いたときのことです。

理由の一つは、六綱家への復讐であったと思います。たぶん、そうだったでしょう。

確かにわたしは、わたしと母に労苦を強いた六綱家を憎みました。ただ、それはそれほど強い憎しみではなかったようです。何しろ、済んだことですから。

二つ目の理由こそが切実でした。

六綱家に乗り込んだその日、虎一郎に会うことができたわたしは、その場で認知を強く求めました。母が死に、何もなくなってしまったわたしにとって、六綱家と繋がりを作ることは生きる術そのものでした。哀れなほど気弱な虎一郎は、「そうする。すぐにそうする」と答えました。

初めて外出が許された日、わたしは母の墓参りに行きました。その帰り道、わたしが立ち寄ったのは役場です。虎一郎が約束を果たしたか戸籍で確かめ、もしまだ認知していないようであれば、認知届を貰ってくるつもりだったのです。

幸い、虎一郎は、わたしとの約束は守っていました。わたしは六綱虎一郎の子として認められ、六綱家の家族の一員となり……。相続の権利を得たのです。

六綱家が営む事業は、既に虎一郎の手から離れていたといいます。ですが、私財はそうではなかった。あの半死人が死ねば、嫡出子の半分ではありますが、遺産がわたしのものとなるのです。さぞ、使い出があるでしょう。

そのため、わたしは早太郎様を恐れました。理由は、光次様が早太郎様を恐れたのとまったく同じです。あの人が『死人』のままであれば問題はありません。ただもし、何かの心変わりで早太郎様と光次様との間で話がつけば。虎一郎が死ぬよりも先に、早太郎様が北の館を出ることがあれば。

分母が、大きくなってしまうではありませんか。

そして三つ目の理由。

六綱家の長男として生まれ、その長となることが決まっていながら、「本当にやりたいことがあったから」とその地位をかなぐり捨てた早太郎様。

わたしは、そういう甘ったれが、殺したいほどに嫌いなのです。

ああ、六綱早太郎。どこまでも馬鹿な、わたしの兄。

おかしさを堪えきれず、部屋に戻ると声を上げて笑います。愉快でたまりませんでした。笑いながら、次はどうしようかと考えました。光次様には仕事をしてもらわないと困りますから、次は虎一郎でしょうか。それともやはり、詠子様をやる算段をつけた方がいいでしょうか。

涙が出るほど笑ってから、ようやく思い出します。詠子様といえば、もうすぐ絵を受け取りにいらっしゃるはず。形見にするおつもりなのでしょう。微笑ましいことです。まさかこの場で片をつけるわけにもいきませんから、失礼のないようにお迎えしなければなりません。それにしても、あの絵はどこに置いたでしょう。頂戴したその日に、部屋のどこかに放りだしたと思いますが。

少し探して、鏡台に立てかけてあるのを見つけました。埃を払っておこうと、表に向けます。

早太郎様が描いた、わたしの絵。

絵は早太郎様の苦しみを表すように乱れに乱れ、立っているのが女性だとは、知っていなければわかりません。背景は、塗りつぶすのが精一杯だったらしく、むらのある白を重ねてあるだけ。青く描かれた「わたし」は正面を向き、そして体の前で重ねられた手は、紫色をしています。

いつしか、わたしの口許からは笑みが消えていきます。目は絵を見つめたまま、離れません。

絵というよりその紫を、わたしはじっと見ています。油彩で描かれた絵の中で、ただ一ヶ所だけ水彩の紫。見るからにちぐはぐで、不安になるほど不均衡。詠子様に「未完成」と説明したのはそのためでした。が。

どれぐらい経ったでしょう。ノックの音が響きます。

「ありさん。ここにいるの」

はっと振り返りますが、ドアには鍵をかけていません。止める間もなく、詠子様はわたしの部屋に乗り込んできます。

「やっぱり、いたのね。返事ぐらいしなさい。……ああ、絵を見ていたのね」

詠子様は、わたしのすぐ前に立ちます。

絵をみつめ、ほうと息を吐きます。

「これが、あまりさんの絵」

そして、当然のように手の紫に目を留めると、わたしを振り返って微笑みました。

「あまりさんは、紫の手袋をしているのね。これもいずれ、赤く変わるわ」

山荘秘聞

1

わたしの一週間は、水曜日からはじまります。

自動車を運転して、麓の集落まで一時間。運転を覚えたころは女だてらにと眉を顰められたこともありましたが、何がどう幸いするかわからないものです。ここで自動車が使えなくなったら、とてもお役目を果たすことはできないでしょう。

買い物は一週間分。魚は鮮度が大事ですので、買い置きはしません。食肉はうまく熟成させれば美味しくなりますので、少しだけ用意します。食料も大事ですが、もっと大事なのは燃料です。何かあったときのことを考えて、いつも少し多めに買うようにしています。

漏れなく買い物を済ませると、集落に一軒だけのカフェーで珈琲をいただくのが習慣です。これが水曜日のお仕事で、一週間分の資材を買い込むと、さあ今週も始まったという気分になるのです。

路肩に弱ったところがないか気を配りながら山道を登れば、やがて坂はなだらかになって、道は緑野のまっただなかに続いていきます。見上げれば、頂に万年雪を残す峻厳たる山脈。せっかくの買い物が揺れて傷まないよう、ゆっくりゆっくりと自動車を走らせます。窓を開ければ、夏でもしんと冷えた空気が胸に入ります。

この世の天国とも思われる、八垣内。別荘地として少しずつ開けているこの高地の、奥の奥。他の別荘から離れて、三角屋根と煙突が遠目にも可愛らしい館が、ぽつんと建っております。

三角屋根には、避雷針兼風見鶏が据えられています。翼を広げた鶏という、一風変わった形から、この建物は「飛鶏館」と名づけられました。

わたしはここに、住んでおります。

飛鶏館は、東京は目黒に本邸を構える貿易商、辰野様の別荘です。

奥様のため、日本で一番美しい景色の中に別荘を建てようと思い立ち、八垣内を選ばれたのが十年前。冬場は雪に閉ざされる八垣内に選び抜いた建材を少しずつ運び込み、落成までに五年の月日がかかったそうです。

わたしが雇い入れられたのは、飛鶏館が成ってから四年後のことでした。

当時、わたしは前降家という一家に雇われておりました。家事全般と並んで、特別な渉外もいくつか、任されていました。

ところがある日、わたしは前降様に呼び出されました。

「屋島君。君はまだ若いのに、実に良くやってくれている。妻も私も、君は我が家の宝だと思っているぐらいだ」

「ありがとうございます」

そう頭を下げながら、しかしわたしは、お呼び出しの本当の理由を薄々察していました。

「だが残念なことに、我が家にはもう、君を雇い続けるだけの金がないのだ。この屋敷も、遠からず手放すことになる。長い間ご苦労だったが、三ヶ月以内にやめてもらいたい」

前降家の資金繰りが悪くなっていたことは、よくわかっていました。奥様のお買い物の量が減っていましたし、セラーに運び込まれるワインの銘柄も、格が落ちていました。渉外にかけるお金も、以前ほど潤沢ではありませんでした。これは、と覚悟は決めていました。

「だがいきなり召し放ちでは、君も困るだろう。もし行く当てがなければ、次の仕事の口は探しておく。君ならば、どこにいってもやっていけるだろう」

旦那(だんな)様のお申し出を、わたしはありがたくお受けしました。

そうしてお引き合わせいただいたのが、飛鶏館の持ち主、辰野嘉門(かもん)さまです。辰野様は初対面のわたしにも、分け隔てなく接してくださいました。ほがらかで翳(かげ)のない笑顔で、こうおっしゃいました。

「君のことは、前降君から聞いている。ちょうど、任せたい仕事があるんだ」

お給金も、ずいぶんと良い数字をご提示いただきました。このひとの下で腕をふるいたい、そう思わせる方でしたが、問題が一つ。職場の場所です。

仕事とは、別荘の管理でした。わたしは前降家で別荘の管理をしたことがあります。その経験を買われたのでしょう。気の重い渉外に少し嫌気が差していたわたしにとって、管理人は魅力的な仕事でした。

ただやはり、八垣内は遠すぎます。せっかくのご紹介でしたが、お断りするつもりでした。一度実際に見てからという辰野様のお言葉に応じたのも、実は、前降様への義理を果たす程度の気持ちでした。

ですが、そんな気持ちは、飛鶏館を一目見たときに消し飛んでしまったのです。

四月のことでした。

雄大な神垣内連峰にいだかれ、清らかな水に恵まれた別荘地、八垣内。観光客や登山者も訪れる入り口から、木々の間に別荘が垣間見える奥へ。そこから更に進み、雪の残る湿原を横目に三十分ほど自動車を走らせると、人界から隔絶されたような絶美の自然の中に、三角屋根の建物が見えてきます。

白樺の林に割り込んでいながら、それと調和する芥子色の煉瓦壁。煙突は薄灰色で、不揃いの石で組み上げられているのが面白く、おとぎ話の中の建物のようです。

楢をふんだんに使った内装も、これ見よがしの派手さはないものの、凝ったものでした。廊下に入れば媚茶色の梁が魚の骨のように連なって、白い漆喰の天井を支えています。リブ・ヴォールトの一種なのでしょうが、木製のものは初めて見ました。

ドローイングルームの床は精緻な寄木細工で、足を踏み出すのがもったいないぐらい。マントルピースの煉瓦は網代模様に組まれていて、見惚れてしまいます。広く取られたテラス窓からは、雪どけ水が流れる小川へと迫り出したウッドデッキにそのまま出られます。この小川は踝までほどしかない浅い流れで、夏になれば、水遊びも適います。ダイニングへと続く小窓には格子模様に色硝子が嵌め込まれ、赤や黄や青の光を床へと投げ入れていました。

階段を上がれば絨毯敷きの部屋には出窓が明るく、窓際に腰掛けて八垣内の自然を望むことができます。やっぱりこういう部屋は欲しいのね、と微笑みがもれたのは、書院造りの和室を見つけたときです。違い棚には白磁の一輪挿しを置きたいな、と思ったとき、わたしはもう、飛鶏館を愛していたのでしょう。

「どうです、いいところでしょう」

という案内人の言葉に、わたしは無言で、頷きました。その週のうちに前降家に暇乞いをし、わずかな荷物をまとめ、わたしは八垣内の奥へと向かいました。

朝、窓を開けていくことから、わたしの一日の仕事が始まります。

まだ暗いうちに起きだして、ガラスにあまり指紋をつけないように気をつけながら、窓を開けていきます。一階の片隅、管理人室近くから始めて、ドローイングルーム、ダイニングルーム、キッチンも。防音設備が整ったレコード室は、窓も頑丈で開けるのにコツがいります。二階に上がって出窓を一つ一つ開けていき、最後は和室の、障子と雨戸です。

空気を入れ替えている間、小川の流れを音楽に、朝食をいただきます。たいていは、ご飯と卵焼き、野菜が少々。ハムを加えることもあります。使わない窯は傷んでいきますから、時にはパンを焼くこともあります。

食事を済ませば、また順番に窓を閉じていきます。この空気の入れ替えで、飛鶏館が毎朝、すがすがしく生まれ変わっているような気がします。

一部屋だけ窓を閉めず、そのまま掃除をします。飛鶏館はとうてい一日で掃除しきれるものではなく、また、毎日すべての部屋を掃除する必要もありません。一日一部屋か二部屋ずつ順々に、何日もかけて掃除します。

午前はこうして終わっていきますが、午後の仕事は日によってまちまちです。春、飛短い間であれば自活できるよう、裏庭には小さな菜園を用意してあります。春、飛鶏館に住み込み始めてから間もなく、わたしは畝を作り苗を植えました。育つ野菜は限られますが、馬鈴薯やトマト、ホウレン草などはとても味が濃く育ちました。これでしたら、辰野様がご友人をお連れになっても、満足していただけると思います。

自動車の整備も、わたしの仕事です。飛鶏館と麓の集落を結ぶただ一つの生命線ですし、それに何よりこの自動車は辰野様の財産です。整備が行き届かず壊れたというのでは、申し訳が立ちません。どうしても手や顔が汚れるのであまり好きな仕事ではありませんが、半月に一度は欠かしません。

使うことはないと思いますが、ときどきは猟銃にも油を差します。肝心なときに埃が詰まっていたというのでは困ります。

リネン類の管理も怠りありません。かび臭くなったりしないよう、一度も使っていなくても定期的にお洗濯します。

薬を用意するのも、わたしの仕事です。病院が遠く、もしご滞在中に不調を訴えるお客さまがいらっしゃったら、当座はわたしが手当をすることになります。それに、わたし自身が体調を崩した場合のことを考えても、医薬は疎かにはできません。包帯や担架も、いざというとき古びて不衛生などということがないよう、ときどき交換します。急病人のための簡易ベッドも、時々組み立てて異状がないか調べます。

夏は、飛鶏館の周りの草取りをしました。高地の植物らしく、生えてくる雑草も線が細く、あの忌々しい生命力とは縁がなさそうです。それでも抜きます。

冬は、わたしひとりでは雪かきが追いつきません。食料と本をたっぷり買い込んで、冬籠りをしました。晴れた日には屋根に上って、少しずつ雪を下ろしました。

そうして毎日の仕事をこなしながら、三ヶ月が経ち、半年が経ち、一年が経ちました。飛鶏館を囲む白樺たちは葉を茂らせ、緑を濃くし、やがてそれを散らせ、雪に沈みました。吹雪の日を幾日も耐え、凍りついていた小川がとけていき、暦が再び四月を迎えた頃。わたしはふと、気づきました。

ところで、お客さまは、いずこに。

わたしの管理する飛鶏館は、一年間でただのひとりも、お客さまを迎え入れたことがなかったのです。

2

別荘は一般に、休暇を過ごすためにあるものです。

休暇が取れないほど辰野様がお忙しいなら、飛鶏館にお越しになることは難しいでしょう。ですが一年の間、考えてみればわたしは、辰野家から何の連絡も受け取っていないのです。

辰野様に「なぜ、いらっしゃらないのですか」などと訊くことはできません。飛鶏館の管理を任されているとはいえ、わたしはただの使用人。分というものがあります。その代わり、わたしは一通の手紙を投函しました。前降家で渉外に携わっていたとき、噂に詳しい人と知り合いました。その人のおかげで、ずいぶんと助かったものです。

その人に、問い合わせの手紙を出したのです。辰野様の仕事向きや、ご家庭の事情について、何か変わった話を聞いていないかと。

前払い金を振り込んでから十日ほどで、返事を受け取ることができました。「屋島守子さま」と宛名書きされた手紙の筆跡は懐かしく、封を切る前に、わたしはその文字を幾度か撫でました。時候の挨拶や近況の報告に続いて、こんなことが書かれていました。

〃さて、お尋ねのあった辰野家のことです。調べたところ、辰野家では昨年の五月、奥様が亡くなっていることがわかりました。

ご存じかと思いますが、守子さんがお勤めになっている飛鶏館は、もともと奥様のために建てられたものと聞いています。ここから先は想像でしかありませんが、辰野家御当主が、なくなった奥様を思い出させる飛鶏館を忌避することは、ありそうなことではないでしょうか。〃

わたしは溜息をついて、その手紙を暖炉に投げ込みました。

奥様が亡くなっているとは知りませんでした。遠い別荘地に住み込んでいるとはいえ、わたしも辰野家の使用人のひとり。誰か教えてくれても良さそうなものなのに……。五月に亡くなったというのなら、奥様の死は、わたしが飛鶏館に入って程なくのことです。

辰野様の足が遠のいている理由は、これでほぼわかりました。手紙にあったとおりでしょう。ご不幸であれば、仕方のないことではあります。

しかし、それでは困ります。

床板の寄木細工が見事なドローイングルームの真ん中に立ち、四囲を見まわします。磨きぬかれ、季節ごとにワックスがけを施された床は、途方に暮れたわたしの顔をぼんやりと映してさえいるようです。

……目を閉じると、華やぎの嬌声が、どこかから聞こえてくるような気がします。

前降家で働いていたころ。夏になるとお嬢さまが別荘にご学友をお招きになるのが習いでした。そのとき身のまわりのお世話は、わたしの役割でした。食料を揃え、埃を払い、夜更かしが過ぎて寝坊するお嬢さまを、優しく起こしたのです。

中学校や高等学校に通われていたときは、お嬢さまは無邪気に、そしてどこか無軌道に、避暑地の夏を楽しんでいらっしゃいました。「守子も何か話してよ」とせがまれて、いくつか話をしたこともありました。中でもわたしの怪談はとても評判が良く、得意の『牛の首』を話すと、お嬢さまは決まって「怖すぎるわ。眠れないじゃない」とわたしをぶつふりをするのです。顔色を無くしたご学友の皆さまといっしょに、きゃあきゃあとわたしを責め立てるのが毎年のことでした。

お嬢さまが大学に上がられるころ、前降家の資金繰りは悪くなりかけていたようです。それでも、お嬢さまは恒例の避暑をなさいました。前降家の別荘ではありません。大学の倶楽部の集まりで、蓼沼という土地に出かけられたのです。人手が足りないとかで、わたしもお手伝いに同道しました。

この最後の避暑は、もっとも思い出深いものになりました。お嬢さまがお入りになった倶楽部、「バベルの会」といったかと思いますが、その会員の皆さまは教養深く慎みをお持ちで、立ち居振る舞いにも相応の品を備えておられました。蓼沼は涼しく、水の澄んだ湖のある、良い場所でした。

昼は散策や舟遊び、あるいは心行くまでレコードを楽しまれる方もいらっしゃいました。夜は読書会。わたしは会員ではないということで、リビングから追い出されてしまいました。澄んだ声が、囁きを交わすように詩を、小説を読みあうのをドアの外で聞きながら、わたしは蓼沼の清冽な夜をお助けしたことを、誇りに思ったのです。

あの蓼沼の別荘は、過ごしやすくはありましたが、平凡なバンガローでした。建物の良さとしては、飛鶏館には及びもつきません。このスコティッシュ・バロック調の山荘で「バベルの会」の皆さまをお世話できたら、それはどんなにか素晴らしいことでしょう。八垣内の絶美の山嶺、森閑とした夜に、一篇の詩はどれほど似つかわしいことでしょう。

いいえ、あれほどのお客さまを欲するのは高望みというもの。それほどでなくても構いません。ただわたしは、この飛鶏館がお客さまを迎えることなく朽ちていくのが、残念でならないのです。あの、人が集まる空間に自然と生まれるあたたかさを、飛鶏館に満たしたいのです。

わたしもこれで、かつては宝とまでお褒めいただいた使用人。掃除や機械整備だけではなく、自分のためではない料理や洗濯、ベッドメイキング、アフタヌーンティーの用意、食事の上げ下げ、作法に則ったお客さまのお出迎えなどこそ、腕の見せ所です。手が足りないと泣きたくなるような瞬間こそが自分の喜びなのだと、わたしは初めて知りました。

辰野様がいらっしゃったら特上のスコーンを差し上げようと、わたしは飛鶏館に来たその日に、ルバーブを使った自家製のジャムを仕込んでいました。無駄にしたくないと思うのは、わがままでしょうか。

そんな悶々とした日々に変転が訪れたのは、飛鶏館を閉ざした雪がまだ深い、早春のことでした。

麓の街で知り合った猟師。わたしは彼に、春になったら飛鶏館を訪れるよう頼んでいました。わたしは口約束を信じませんので、手付け金は渡してありました。

「よくこんなところで、一冬我慢したなあ」

あきれ声を上げた猟師は、そろそろ熊が目を覚ます季節だと教えてくれました。わたしは彼を招き入れようとしましたが、彼はかぶりを振って、約束のものを置くとすぐに立ち去りました。

翌日から、わたしは猟銃を手に、近辺の見まわりを始めました。

猟師の言うとおり、このあたりは熊が少なくないのです。八垣内はもちろん禁猟区ですが、少し分け入れば、猟師たちが犬を連れて獲物を捜しています。わたしの目的は熊を撃つことではなく、近くにいるかどうか確かめることなので、熊除けの鈴もつけています。猟銃のように銃身の長い鉄砲を使うのは初めてですので、心強い反面、ちゃんと使えるか不安もありました。

空の色に春の気配を感じるものの、まだ山の雪が消えるには早い時期でした。モノトーンに沈む林の中、よく見ればところどころ、小さな足跡が残っています。熊にしては小さいようですが、兎や狐でしょうか。わたしは猟師ではありませんので、足跡で動物を見分けることまではできません。飛鶏館を預かる以上はこういうことも学んだ方がいいだろうかと思いながら、林の奥に進みます。

雪靴の上からも、ひんやりと冷気が染みとおります。隙なく巻きつけたゲートルのおかげで雪が入り込むことはありません。一歩ごとに鳴る熊除けの鈴の澄んだ音、わたしの口許から白く漏れる息遣いだけが、耳に届きます。

手の猟銃が少し重く感じられてきました。熊の足跡どころか、縄張りを示す傷のある木も見つかりません。やはり熊はいないのかと気を緩めたところで、ふと視界が開け、わたしは自分が崖の下にいることに気づきました。どうやら林はここまでのようです。ここを折り返しにして一度戻ろうかと思ったところで、鉄紺色の塊に気づきました。

あきらかに、自然のものではありません。

雪を掻き分け、鈴の音もあわただしく、わたしはその色に近づきます。そうではないかと恐れていたものが、そこにありました。鉄紺は外套の色。崖下に倒れていたのは、一個の人間だったのです。服装を見るに登山者で間違いないでしょう。雪山登山に挑み、滑落したものと思われました。

わたしは崖の上を見上げます。この崖は、遥か神垣内連峰の稜線から、延々と落ち込んでいるはず。どのあたりから落ちたのかはわかりませんが、四肢が残っていることさえ不思議に思われます。哀れな登山者は仰向けで、生気を失った顔は真白く透き通っておりました。せめて弔おうとさらに一歩を踏み出しかけて、思わず息を呑みました。……胸のわずかな上下を、見たように思ったのです。息を詰め、白い顔に耳を近づけます。はっきりしていました。生きています。

厚い上着に、アイゼンをつけた靴。毛糸の帽子。目を守るゴーグル。腰にはピッケルがありますが、ハーケンやザイルは使い果たしたのか、見当たりません。少し離れて、ストックが雪の中に横倒しになっていました。

装備に不足はないようですが、万全を尽くしてなお、事故を避けられなかったようです。わたしは山刀を抜き、周囲の灌木の枝を切り落としました。自分の外套を布代わりに、即席の担架を作ります。重い体を慎重に乗せて、わたしは担架を引きずり、飛鶏館へと取って返したのです。

電灯の下で、怪我の具合を診ました。

手足の指、二十本すべての凍傷。体中に青痣を残した打ち身。右足の腓骨と肋骨が数本、折れるかひびが入るかしているようです。岩に引っ掛けたのか、鎖骨の上が痛々しく切れていました。

濡れた服を脱がせてガウンを着せ、毛布にくるみ、火をおこして体温を上げます。

肩の傷を止血し、包帯を巻きます。湯を沸かし、凍傷にかかった指の解凍を試みます。意識がないのは、かえってよかったかもしれません。凍った指を融かすのは、随分と痛いものだと聞いています。

氷のように冷え切った顔に、そっと手を当てます。遭難者はまだ若く、そして凛々しい男の人でした。

彼が目を覚ましたのは、発見から半日後。午前四時ごろのことでした。

「ここは」

夢の中のうわ言のように、彼は呟きます。暖炉に薪を足していたわたしは枕元に戻り、怪我人を驚かせないよう、小声で言いました。

「飛鶏館です。ご滞在中は、わたくし、屋島守子がお世話いたします。どうぞご安心ください」

「あの。僕は……。越智靖巳」

そう答えると、彼はまた、眠りに落ちました。その夜、八垣内にはしんしんと、今季最後になるかもしれない雪が降っておりました。

数時間後、夜明けの太陽が昇るころ。体を起こすこともできないようでしたが、越智さんの意識ははっきりしてきました。応急処置に使ったリビングルームのソファーから、とりあえず管理人室のベッドに移ってもらいます。シーツに乗せて、ひきずったのです。

嗄れた声で、越智さんは言いました。

「君が、助けてくれたのか」

「お命があって良かったですわ」

「ありがとう……」

まだ首が動かないのか、目だけで礼をなさいます。

「八垣岳を登っていたんだが、もうすぐ頂上というところで雪庇を踏み抜いたんだ。油断があったのかもしれない。何とか岩棚につかまって踏みとどまったけど、とても登れなかった。傾斜の緩いところを選んで、少しずつ降りていったんだけど……。最後は憶えていないな。また、落ちたのか」

稜線から真っ逆さまではなかったようです。それで何とか、助かったのでしょう。

毛布にくるまれた自分の体を見て、越智さんは少し、表情を曇らせます。

「僕、だいぶ、ひどいんですか」

少しでも不安を和らげてさしあげようと、わたしは微笑みました。

「軽症ではありません。ただ、発見が早かったので、指の壊死は免れました。しばらくは色が変わるかもしれませんが、お若いんですもの、すぐに戻りますわ。肩の切り傷は深くありません。一週間もあれば、ふさがります。あとは足と、胸ですね。折れていますよ。でもずいぶんと鍛えていらっしゃるようですから、きっと治りも早いでしょう。体が落ち着くまで、ゆっくりご静養なさってください」

越智さんは、弱々しくはありましたが、にこりと笑いました。

「屋島さんは医者ですか、看護婦ですか」

「わたしは、ただの管理人です」

「それにしては、慣れているんですね。いいひとに助けられたな。不幸中の幸いだ」

前降家で渉外に携わっていた頃、応急手当の方法は一通り身につけました。まさか、ここで役に立つとは思いませんでしたが。

それから越智さんは、ふと気づいたように尋ねます。

「するとこの山荘は、屋島さんのものではなくて？」

「はい」

わたしは、無意識のうちに少し、胸を張っていたようです。

「東京は目黒の貿易商、辰野嘉門の別荘で、一名を飛鶏館と申します」

「ああ、そうなんですか」

と呟くと、黙り込んでしまいました。あまり、別荘のような場所には慣れていないのでしょう。怪我人に余計な気苦労をかけてはいけません。

「いまは、わたしひとりです。どうぞお気兼ねなく」

どうやら越智さんは、眠気に襲われているようです。良いことです。長く眠れば、それだけ早く体も良くなるでしょう。まぶたを閉じ、深い息を吐きながら、彼は言いました。

「いえ、長くはご厄介をかけません。山岳部の仲間が、落ちるところを見ています。すぐに、助けが来ます。すぐに……」

寝息を立て始めた越智さんを起こさないよう、わたしはそっと、部屋を出ました。

3

翌朝は良く晴れ、冬の名残を払拭(ふっしょく)するような青空を見上げ、わたしは大きく伸びをしました。朝の仕事としていつものように、飛鶏館の窓を一つずつ開けていきます。

今朝の空気は特に冷たいような気がします。パンと目玉焼きで簡単な朝食を済ませると、わたしは手をすりすり「寒い、寒い」と呟きながら、掃除を始めました。

昨日は主人室だったので、今日は夫人室を掃除する順番です。薔薇(ばら)が染めつけられた花瓶を拭(ふ)いていたところ、窓の外に、ひとの群れが見えました。

目で数えると、一群は総勢で十一人。深い雪に閉ざされた道を掻き分け掻き分け、彼らはどうやら、この飛鶏館を目指しているようです。わたしは掃除を打ち切って手を洗い、汚れたエプロンを換えて、風除室に入りました。

そしてわたしは、飛鶏館のドアノッカーがどんな音を立てるのかを初めて知りました。それは湿った、重い音でした。

「はい」

それでも少し警戒しながら、わたしはドアを引き開けます。

立っていたのは、雪焼けも黒々とした大柄な男のひと。口ひげと顎(あご)ひげを生やし、ずいぶんといかつい顔でした。先頭に立って、腰まで埋まる雪の中を突き進んできたというのに、息が乱れてもおりません。わたしを見ると、お化けでも見たように目を丸くして、

「まさか、本当に住んでるとは」

と、呟きます。

雪深き山荘にひとりで住んでいるのが不思議、というのはわからなくもありませんが、しかし本人を目の前にして言わなくても良さそうなものです。わたしは少しむっとして、

「ここは東京は目黒の貿易商、辰野嘉門の別荘で、一名を飛鶏館と申します。わたしはこの建物の管理を任されている者です。……お客さまは、どちらさまでしょうか」

ひげの方は、それではっと気づいたように毛糸の帽子を脱いで、頭を下げました。

「失礼しました」

と、思ったよりも丁寧な物腰です。

「私は、原沢登です。産大山岳部の部長をしています。後ろの連中は」

手で一群を示して、

「うちの部員と、地元の登山会の皆さんです」

原沢さんと同じように、毛糸の帽子やマフラー、リュックサックを備えた男の方たちが、不揃いに頭を下げます。皆さん、原沢さんが雪を掻き分けた跡を歩いているので、いずれ劣らぬ大男が十人も、ずらり整列しているように見えます。それは少しだけ面白い眺めでした。わたしがご挨拶を返す間も、原沢さんはどうにも、焦りを隠せない様子でした。

「実は仲間が滑落して、探しています」

「滑落、というと」

わたしは首を傾げました。

「落ちたんですか」

「はい。八垣岳から」

「まあ」

原沢さんは、黒々とした眉をぎゅっと寄せています。

「落ちたのは経験のある奴ですから、もしかしたら下まで降りて来てるかもしれないんです。すると、この辺に来ると思うんですが、何かご存じありませんか」

「そう言われましても」

と、わたしはちらりと空を見上げます。

「このあたりはまだご覧の通りに積もっていますし、昨日も雪でしたし。昨夜はずっと、こもっておりました」

そう聞いても、原沢さんはしかし、落胆の色は見せませんでした。

「そうですか。いや、お邪魔しました」

と踵を返そうとします。気丈な方です。山男はこうでないと務まらないのでしょうか。わたしはその背中を呼び止めます。

「あの」

わたしのような仕事をする者は、いかなるときも差し出がましくあってはなりません。作法を外れないよう、控えめに申し出ます。

「もし、このあたりを捜されるようでしたら、皆さまに飛鶏館をご提供できないか辰野に諮ることはいたしますが、わたしでお役に立てますでしょうか」

しかし原沢さんは、雪景色に疲れてしょぼしょぼとした目をしばたたかせ、きょとんとするばかりで、諾とも否ともおっしゃいません。遠慮をなさっているのかと思いましたが、どうやらそういうわけでもなさそうです。原沢さんだけではなく、その背後に並んだ山岳部、登山会の皆さんも、一様に不思議そうな顔をしています。

どうやら、迂遠な物言いをし過ぎたようです。わたしは小さく咳払いして、言い直しました。

「中に入ってお休みいただけるよう、主人に尋ねてみましょうか」

「え、いいんですか」

原沢さんにとっては思わぬ提案だったようですが、とにかく話が通じました。小さくお辞儀します。

「少々お待ちください。問い合わせます」

実に数ヶ月ぶりに、わたしは辰野家に電話をします。電話口にお願いした使用人頭は最初、ひどいことに、「八垣内の屋島です」と名乗っても、どこの誰だかわかってくれませんでした。「飛鶏館をお任せいただいている屋島です」と再度名乗って、ようやく通じました。

遭難救助隊が訪れているが、招き入れても良いか、と尋ねました。わたしはいくつかのお屋敷でご奉公してきましたが、その中には、言っては悪いのですが、出すことは舌を出すのも嫌いという雇い主もおりました。しかし幸い辰野様はそうではありませんでした。

春とはいえまだ冷える朝、原沢さんたち救助隊を、十五分ほどはお待たせしてしまいました。玄関口に戻り、今度は深く頭を下げます。辰野と連絡が取れました。

「たいへんお待たせいたしました」

「では」

「助けになることは何でもせよとのお申しつけです。どうぞ、原沢さま、救助隊の皆さま。……飛鶏館に、ようこそいらっしゃいました」

と、わたしは両開きの玄関の扉を、大きく開け放ったのです。

救助隊の皆さんの山靴には、アイゼンはついていませんでした。服や靴にこびりついた雪を落として、そのまま上がっていただきます。そこで気づいたのですが、いかつい靴を履いたお客さまには、スリッパのような室内靴をご用意した方がくつろいでいただけるかもしれません。山荘ならではの準備と言うべきでしょう。一年の長きにわたって飛鶏館を預かりながら、なおも見落としがあったこと、わたしは恥じずにはいられませんでした。

十一人の救助隊には、ドローイングルームに入っていただきました。掃除を始めたところですので、暖炉には火が入っていません。見苦しくない程度に急いで、種火を作ります。上着はお預かりしますが、山の厳寒に耐える外套は分厚く重く、コートハンガーにはかけきれません。やむなく空いていた椅子にかける形になりました。これも想定していなかったことです。

椅子とテーブルは、充分な数が用意できます。数寄を凝らした内装に、わたしが言うのも憚られますが、行き届いた清掃。しかし今回のお客さまはそれらに目を見張るでもなく、テーブルを見るや否や、地図を広げます。

「原沢さん」

「おう」

主だった方々なのでしょうか。数人がテーブルを囲み、地図を前にあれこれと相談を始めます。立ち聞きははしたないことですので、わたしは厨房に下がります。

鉄瓶に湯を沸かし、お茶を淹れます。寒い中を来た方々ですから少し甘くして、ただの紅茶ではなくロシア風にジャムを用意するのが良さそうです。

お茶の用意もわたしの本分ではありますが、十一人分というのはさすがに、少し手がまわりません。茶葉を蒸らし、カップを用意し、苺のジャムとスプーンを。この館のどこに何があるか、完全に摑んではいます。しかし、無駄のない動きは体で覚えるもの。多少のもたつきがあったことは残念です。

お茶を用意して戻ると、暖炉の火が起こり、部屋も少し暖まり始めていました。原沢さんたちの相談はまだ終わらず、地図を覗き込んでいない方々は、ようやく息をつき始めたところのようです。お茶を勧めます。

「どうぞ」

「お、これはどうも」

と、皆さま口々にお礼をおっしゃって、カップを受け取ってもらえました。差し出されれば欲しかったのだと気づくぐらいの時宜に、一杯の飲み物を。この呼吸、久しぶりです。

紅茶は皆さんに行き渡り、ある方はほうと溜息をついて「ああ、生き返った」と呟き、別の方はジャムを指して「これはどうするんですか」と尋ねてこられます。

「紅茶に落とすと甘く、力が出ます。よろしければお使いください」

「へえ……」

半信半疑でスプーンを使い、どうやら初めて味わうらしいロシア風に目を見張っておられます。

空気も温まり、雰囲気が僅かに和らいだところで、年嵩の男の方が前に立ちました。たぶん、登山会の中心人物なのでしょう。わたしは邪魔にならないよう、片隅に控えます。

男の方の声は低く、太いものでした。

「よし、聞いてくれ。ご厚意で入れてもらったが、あまり甘えるわけにもいかん。このあたりの雪は深いが、地形は平坦だ。隊を三つに分けて捜す。無線で連絡を取り合うのを忘れるな。A隊は原沢くんに任せる。B隊は……」

手際のいい指図に、山男の皆さんは気負う風もなく小さく頷き、次々に紅茶を飲み干すと、椅子を立っていきます。

「天気図によれば、天気はしばらく安定する。いまのうちだ。行くぞ」

どやどやと部屋を後にする救助隊。最後に残った原沢さんが、毛糸の帽子を小脇に抱えて、わたしに言いました。

「お世話になりました。未明に麓を出て、みな冷え切っていたところです。地獄に仏でした。本当に、ありがとうございました」

「辰野に伝えておきます。捜索のご成功を、お祈りしていますわ」

原沢さんは無言で頭を下げると、踵を返し、再び雪原へと戻っていきました。

無人の部屋に残され、わたしはしばし放心していました。テーブルには十一客のティーカップと、苺のジャム。じんと湧き上がる満足感が、わたしの体を浸していました。

薪がぱちりと爆ぜて、わたしは我に返ります。ぼうっとしている場合ではありません。部屋を片づけ、掃除の続きをしなければ。電話も一本、かけなければなりません。

そして、午後の最初の仕事は、十一人分のベッドメイキングになるでしょう。

救助隊が戻ってきたのは、日暮れまでにはまだ間がある三時前のことでした。

ドアノッカーの響きに呼ばれ、玄関を開けると、何とも気まずそうな顔をした原沢さんが立っています。たぶん、ここに戻ることはないと思っていたのでしょう。水を向けます。

「これは原沢さん。遭難された方は見つかりましたか」

「いや、それが」

と、歯切れが良くありません。それでも原沢さんは、無駄に迷うことはしませんでした。わたしに一本のストックを見せたのです。

「これを見つけました。越智の……。遭難した男のものです。たまたま雪に突き立っていたので、見つけられました」

鉄のストックは大きく曲がり、痛々しくさえあります。見ているだけでも、少し暗い気持ちになってきます。

「越智さんの持ち物がここで見つかったということは、やはり」

原沢さんは小さく頷きます。

「このあたりに降りて来ているか、でなければ、途中の山肌にひっかかっていると思います」

「ご無事だといいのですが」

「できれば、ぎりぎりまで捜したい。ただ、今回は急だったので、俺たちには野営の備えがないんです。ご迷惑とは思いますが……」

わたしは微笑みました。

「よくわかりました。越智さんが見つかるまで何日でも、ご逗留ください。お食事とベッドをご用意いたします」

岩のような大男の原沢さんですが、肩を縮こまらせて、すっかり恐れ入ってしまいました。気力体力共に申し分のないような若者ですが、学生は学生。仕方ないことでしょう。むしろ可愛らしいぐらいです。

「本当に、ありがとうございます。寝床は助かりますが、食事まではお世話になるわけにいきません。缶詰を持ってきていますから、それで何とかします」

これには、実のところ、少々慌てました。お客さまに缶詰を食べさせるなんて、そんなこと。

「とんでもない。辰野から力になるよう命ぜられ、いったんお客さまとしてお迎えした皆さまに食事もご用意しなかったということになれば、辰野にとっては名折れ、わたしにとっては手抜かりになります。どうぞご遠慮なく」

原沢さんはもう何も言わず、ただただ、頭を下げるのでした。

その晩、飛鶏館は七人のお客さまをお迎えしました。

救助隊の十一人全員がお泊まりになるものと考えていたわたしは、夕食を作りすぎてしまいました。地元登山会の皆さまは、それぞれのお仕事を持つ身。街に帰ったそうです。

お仲間の身を案じる山岳部の皆さまに、華美な食事はかえって気詰まりかもしれません。質素な食事を用意したところ、苦悩の色が深い山岳部の皆さまも、「うまい」と言ってくださいました。

4

翌朝。山岳部の皆さんは未明から飛鶏館を出て、捜索を再開します。夜が明けると、登山会の応援が到着しました。

重装に身を固めた山男たちに混じって、少女がひとり、おりました。わたしは登山会の皆さまを迎え、そして少女を使用人控え室に通しました。寒さに頬を赤くして、体中の雪を払っている彼女は、名を歌川ゆき子といいます。

わたしは彼女にタオルを渡します。

「よく来てくれました、ゆき子さん。助かります」

ゆき子さんは髪を拭きながら、

「約束ですし、救助隊の助けにもなることなら、まあ」

と、ぶっきらぼうに言いました。

ゆき子さんは、ここよりも少し下ったところにある別荘に住み込んでいます。管理人ではありません。管理人夫婦の娘さんです。山が好きで普段は登山ガイドをしているそうですが、困ったときには飛鶏館の手伝いに来てくれるよう、かねて話をしてありました。わたしは口約束を信じませんので、幾ばくかのお金を先払いしてあります。いま飛鶏館は初めてのお客さまを迎え、ひとりでは満足な対応ができない状態です。わたしは迷わず、歌川夫妻に電話をかけました。ゆき子さんのような山好きでなければ、雪の中、ここまでは来て下さらなかったでしょう。

「救助隊は、生存の可能性大ということで捜しています」

ゆき子さんは、登山会の方から聞いた話として、そう教えてくれました。

飛鶏館に残った山岳部員は、今朝の捜索で、アイゼンの片割れを見つけていました。一方、八垣岳に登って上から捜した一隊は、滑落箇所の真下にハーケンとザイルを見つけました。越智靖巳は生きていて、登ることも留まることもできず、下を目指した。救助隊本部はそう判断したそうです。

「天気は何日か保ちそうです。飛鶏館をキャンプにできるならありがたい、と、みんな言っていました」

頼られて悪い気はしません。が、心得違いは困ります。

「ゆき子さん。飛鶏館はキャンプ地でも山小屋でもありません。あくまで、辰野家の別荘です。お客さまを遇しているのだということを、忘れないでくださいね」

「非常事態に……」

「非常事態でも、です」

山を愛するゆき子さんです。遭難者の安否を気遣う気持ちの方が大きいのは自然でしょう。その気持ちはわからなくもありませんが、わたしの職分にかけて、ここは譲れません。

ゆき子さんは、納得したふうではありませんでした。険しい目つきで、何か言おうとします。しかし、この子は賢い子です。わたしの立場を察してくれました。最後には頷いたゆき子さんに、わたしは微笑みます。

「では、早速ですが、昼食の準備をお願いします。ゆき子さんもご承知でしょうが、救助隊の皆さんは、一休みしたらすぐにまた出発なさいます。温かく、それでいて防寒着のままで食べられるもの。ホットサンドとココアなど、良いかもしれません」

「豚汁とおにぎりじゃ、駄目ですか」

「海苔と蒟蒻を切らしているので……」

飛鶏館には、和食の食材は乏しいのです。こうなるとわかっていれば、先の買出しで用意もしたのでしょうけれど。

「わかりました。それはやりますけど……。屋島さんは？」

「別の仕事があります。お願いしますね、ゆき子さん」

昼に戻ってきた救助隊は、明るい表情をしてはいませんでした。八垣内ではストックとアイゼンを見つけ、八垣岳ではハーケンとザイルを見つけながら、越智靖巳さん自身を見つけることは出来なかったのです。外の気温は少しずつ春めいてきたとはいえ、まだ、人間が凍死するには充分な寒さです。しかし救助隊の皆さんは、絶望してはいないようでした。生存を信じているのか、それともたとえ死体であっても回収するのが役目と覚悟を決めているのでしょうか。

そしてこのような状況下でも、誰ひとり食欲を落としてはいません。ゆき子さんが用意したホットサンドは少ない量ではなかったのですが、ぜんぶなくなってしまいました。食べる気がしなくても、動くためにつめこむ。そんな感じです。アルピニストの凄み(すご)を垣間見(かいまみ)た気がしました。

ゆき子さんはホットココアを配っています。このココアは、わたしが手配して手に入れた、ベルギーからの輸入品です。救助隊の皆さんはやはり、一休みしたらすぐに出るつもりのようです。中には、手袋をつけたままでカップを受け取る方もいました。

ゆき子さんはやはり、捜索の進み具合が気になるようです。

「見つかったアイゼンって、片方だったんですか」

と、原沢さんの話に驚いています。

「ああ。半ば雪に埋もれていて、片方だけでも良く見つかったと思うよ。だけどそれだけだ。他には、何の跡もない」

「そのアイゼン、越智さんのもので間違いないんですか」

「製造元は同じだったがね」

そう答えて、原沢さんは力なく笑いました。

「とにかく、可能性があるうちは捜すさ。この近くにある……、いることは、間違いないんだからな」

まだ熱いだろうココアをぐいと飲み干して、原沢さんは膝に手をつき、立ち上がります。疲労の色が隠せない救助隊の皆さんに向かい、声を励まします。

「よし、行くぞ。必ず見つかる」

その言葉を彼自身がどれほど信じているのかは、わかりません。しかし救助隊はその号令一下、あるいは毛糸の帽子をかぶりなおし、あるいは気合を入れるように低く叫び、雪が支配する八垣内へと再び飛び出していきます。

それは無骨ではありますが、確かに信念と矜持が滲み出た姿でした。わたしは心中ひそかに、彼らの成功を祈らずにはいられません。飛鶏館の客となった救助隊。彼らが無事、遭難者越智靖巳を見つけ出し、歓呼のうちに山を降りられればいいのにと、そう思います。

丁寧にワックスをかけ磨き上げてきた床ですが、救助隊が持ち込んだ雪が溶けあちこち濡れています。暖炉の火を絶やさなければそのうち乾くでしょうが、そんなぞんざいな仕事は出来ません。少し考え、ゆき子さんに命じます。

「ゆき子さん。リネン室からシーツを出して、二階の客室のベッドメイキングをお願いします。使っている客室しか鍵は開けていませんから、わかるはずです。わたしはこの部屋を片づけます」

「はい」

素直に頷いて踵を返すゆき子さんですが、ドアを開いて立ち止まりました。

「あの。ベッドはいくつ作りますか」

今日の救助隊は、産大山岳部と地元の登山会あわせて、九人でした。昨日と同じなら、登山会の皆さんは午後の早いうちに下山するはずですが……。

「万が一ということもありますね。九床、用意してください」

はい、と答え、ゆき子さんはきびきびと動き出します。

いい子です。もう少し表情が柔らかく、振る舞いに神経が行き届くようになれば、辰野様がいらしたときの女中としても使えるでしょう。


時計の針が進みます。天気図が教えるとおり、八垣内の空は崩れる様子もなく、澄み切った青のままです。

午後の三時をまわれば、山の時間としてはもう、夕暮れ間近です。

忙中閑ありといいますか、あれこれと仕事をしている間に、不意にぽっかりと時間が空くことがあります。わたしとゆき子さんは使用人控え室で、熱い紅茶を用意して休んでいました。

ゆき子さんはこちらに来るとき、小さな無線機を持ち込んでいました。これが、わたしにとっても大きな助けになりました。今晩お泊まりになる人数が早くにわかったからです。

「登山会の三人は、やっぱり下りるそうです」

それなら、やはりベッドは少なくてよかったわけです。こうなると思っていながら念のためにしてもらったことですから、無駄骨とは思いません。

ゆき子さんは紅茶に口をつけると、溜息(ためいき)をつきました。それがあまりに重かったので、ふと尋ねました。

「疲れましたか」

「いえ……」

ゆき子さんはかぶりを振りました。

「疲れてはいません。……ただ、本当はわたしも、救助隊に加わりたかったんです」

「ゆき子さんは、本当に山が好きなんですね」

窓の外の雪景色に目をやり、ゆき子さんは呟(つぶや)きます。

「好きです。自分でも、どうしてこんなに好きなのか、わかりません。夏までにお金が溜まれば、ヒマラヤの登山隊に加えてもらえるんです。死ぬほど行きたいんですけど、どう頑張っても足りそうにありません。大学に行きながら山も登れる、山岳部のひとたちが羨ましいです。……遭難者が出てるのに、不謹慎かな」

かちりと音を立て、ゆき子さんがカップをソーサーに置きます。わたしを見て、

「屋島さんは、わたしと同い年ぐらいですよね」

と訊きます。突然のことで、戸惑いました。

「ゆき子さんがおいくつか、わかりませんし」

「十九です」

わたしは微笑んで、何も言いませんでした。

それをどう受け取ったのか、ゆき子さんは勢い込みます。

「屋島さんは、一年中、ここにいるんですよね。退屈じゃないですか。他に、やりたいこともあるんでしょう」

そう言われると、ないわけではありません。

「屋根は一度、磨きたいですね。ただ、中途半端に拭いても汚れが広がるだけですから、難しいところです。資金は現金で充分にお預かりしていますから、業者を入れようと思っています」

「他に、と言ったじゃないですか。いいんですか、ずっと八垣内なんて」

「良くないと思っているのは、どうやら、ゆき子さんのようですね」

ゆき子さんは黙り込んでしまいます。どうやら、図星を突いたようです。

わたしは紅茶にジャムを入れました。自家製の、ルバーブのジャムです。

「そんなことより、原沢さんたちが何時ごろに戻るか、訊いてくれますか」

心なしか顔を赤くしたゆき子さんは、救われたような表情で無線機に飛びつくと、わたしの知らない符牒をいくつか織り交ぜ通信を始めました。連絡は、ほどなくつきました。

「山岳部の人たちは、日没間際まで捜すつもりみたいです」

彼らの徒労に思いを致すと、胸がつまります。せめて、あたたかい食事で迎えて差し上げたいものです。わたしは、夕食の準備をどうしようか、考え始めます。

食材はいろいろ揃っています。海苔は切らしていますが、味噌はあります。一日中、神経と体力を使った皆さん、それも若い男の方ばかりに、あまり上品なものを出しても喜ばれないでしょう。できれば、精がつくお肉をお出ししたいところです。

そこまで考えて、ふと思い当たりました。

「ゆき子さん。地下の食料庫に変わったお肉があります。見ればすぐにわかりますから、それを出して……」

言いかけて、あ、と思います。

「はい、地下ですね」

たちまち身を翻そうとするゆき子さんを、わたしは呼び止めました。つとめて落ち着いた声をかけたつもりでしたが、少しだけ狼狽が滲んだのが自分でもわかりました。

「ああ、ゆき子さん。やっぱりいいわ、厨房にあるもので用意できます」

そうですか、と、ゆき子さんは別に不思議にも思わないようです。

わたしは心の中で、ほっと胸を撫で下ろすような気持ちでした。確かに地下の食料庫には、変わったお肉があります。そろそろ熟成も進んで、食べ頃だとも思います。しかしわたしは、そのお肉を食べたこともなければ、料理したこともありません。聞けば、少しクセがあるともいいます。珍味だからといって、作ったこともない料理を大切なお客さまにお出しするなど、控えるべきです。

越智さんを捜しに来た山岳部の皆さんは、まだまだ当分、この飛鶏館に滞在することになるでしょう。一度自分で試食して、上々の料理が出せるようになってからお出ししても、決して遅くはないはずです。

「代わりに、ゆき子さん。薪を運んでください。お客さまが寒い思いをしないよう、充分な量を客室に。勝手口から出て、すぐ脇に積んであります」

ゆき子さんが控え室を出ると、机の上には、沈黙した無線機が残りました。

薄暮の時間。

ドアノッカーを鳴らし、戻った山岳部の皆さんを見て、わたしは少なからず驚きました。

昼に飛鶏館を出たときは、疲れこそ隠しきれませんでしたが、誰ひとりとして肩を落としてはいませんでした。しかし、それから数時間。雪を掻き分け、喉を嗄らした数時間ではあったのでしょうが、それにしても六人の顔色は変わりすぎていました。もしわたしが何も知らずに彼らを迎えたなら、「ああ、越智さんの遺体を見つけてしまったのだな」と勘違いしたでしょう。

これほど悄然としても、原沢さんは「また、お世話になります」と頭を下げることを忘れません。わたしはだんだん、この礼儀をわきまえた青年が、飛鶏館の本来の客としても相応しいのではないかと思い始めていました。それなのに、こんなに自信を失っているようでは痛々しくて見ていられません。思わず、

「見つからなかったんですか」

と、言わずもがなのことを言ってしまいます。原沢さんは「はい。なにも」と、蚊

の鳴くような声で呟くだけでした。

食事には、チキンカレーとパンプキンスープを用意しました。山での夕食はなんといってもカレーだと、ゆき子さんに教わりました。カレーであればイギリスの料理ですから、わたしにも充分な心得があります。スパイスは日持ちがしますから、食材も万全でした。

手でつまめるようにお出しした昼食と違って、夕食は食堂を使い、正しく給仕します。山岳部の皆さんは一様に無言でしたが、それが習い性なのか、それとも若さの故か、皆さんびっくりするほどに召し上がりました。

食後。ドローイングルームに戻ったところで、原沢さんがわたしに、改まった調子で話しかけてきました。

「屋島さん。少し、いいですか」

「え、ええ」

わたしはちょうど、お風呂の仕度をしようとしていました。とりあえず原沢さんに椅子を勧め、ゆき子さんを呼んで、湯加減を見るようお願いします。

「なんでしょうか」

せっかく腰を下ろしたのに、原沢さんはわざわざ立ち上がって、言いました。

「この二日間、本当にお世話になりました。明日の午前中で、捜索は打ち切ります」

わたしは、息を呑みました。

お客さまは、いつかはお帰りになる。それが別荘の宿命です。しかし今回は、もう少し長い滞在をなさるものと心積もりしていましたのに。

「どうしてですか。越智さんは、まだ見つかっていないんでしょう」

「そうなんですが」

原沢さんの声は、張りを失っています。

「皆の前では言えませんが、どうも、越智が生きているとは思えんのです。この二日、俺たちはこの一帯を隈なく捜しました。ストックは見つけたし、アイゼンも、それらしいものが見つかりましたが。何しろ肝心なものが、一つも見つからんのですから」

「何が、ですか」

「足跡です」

そんなはずは……。

わたしの戸惑いに構わず、原沢さんは続けます。

「足跡は、いくつかありました。でも、どれも越智のじゃない。越智の山靴は、見ればはっきりわかる足跡を残すんです。歌川さんの娘さんには無線で話したことですが、見つかった足跡は、どれも違います。たぶん登山会の人たちのものでしょう。

このあたりに最後に雪が降ったのは、越智が滑落した次の日の、晩のことです。あいつが生きていれば、何かは見つかるはずです。でも足跡一つ見つからない。ということは、ストックとアイゼンだけが落ちてきてあいつは山肌に残っているか……。雪に埋まってしまったか、です。生きているなら何日かかっても助けますが、そうでなければ、雪がとけてからまた来ます」

こんなことを言ってもいいのか迷い、わたしはおずおずと尋ねます。

「では……。その、ご遺体を回収した方が」

「俺だって、そうしたいです」

原沢さんの眉間に、苦悩の皺が刻まれます。

「ですが、捜索は三日目です。あまり言いたくない話ですが、捜索には金がかかるんです。登山会の人たちには善意で協力してもらっていますが、弁当代ぐらいは出さないわけには行きませんし、明日はもう、来てもらえません。

これ以上望みのない捜索を続けても、越智の実家の負担が増えるだけです。部長として、俺はそんな決断は出来ない」

歯を食いしばるようにして、原沢さんはそう言いました。

「これ以上、屋島さんの善意に甘えることも出来ません。明日、山を下ります」

そう言われてしまえばもう、引き止める言葉もありませんでした。

誰もが綿のように疲れきっていました。ゆき子さんも、今朝早くに雪の中を、この飛鶏館まで来ているのです。疲れていないはずがありません。

飛鶏館は、早くに、眠りの中に沈みました。

5

未明から最後の捜索に出る皆さんのため、わたしはまだ夜の闇が深いうちから食堂を暖め、湯を沸かし、卵を茹でておりました。原沢さんをはじめとする山岳部の皆さんは鍛え抜かれていて、ここ数日の疲労は見せません。しかしその表情からは、希望が失われていることがはっきりとわかります。

彼らが飛鶏館を出発したとき、空は白んでいましたが、まだいくつか星が残っておりました。真っ白な神垣内連峰が彼らを見下ろし、有明の月は美しく冴えておりました。そこにはない死体を捜すため雪に踏み込む彼ら六人が、どこか、巡礼者のようにさえ見えたものです。

それからの数時間、わたしは飛鶏館を預かるものとしてあるまじきことながら、ただ茫然と、時を過ごしておりました。朝食の片づけはゆき子さんがやって下さいましたが、わたしは日課の掃除も、空気の入れ替えさえもする気になれずにいました。ただただ一心に、山岳部の皆さんの捜索が成功することを祈っていたのです。気づくと、午前中でわたしが済ませた仕事はたった一つ。客室に薪を継ぎ足すことでした。

飛鶏館の二階の窓は、和風の主人室を除いて、ほとんどが出窓になっています。出窓の足元にはちょうど腰かけになる高さの段差があり、そこに座ると、窓から八垣内の湿原、疎林が一望できるのです。わたしはそこから山岳部の姿を捜しました。いまにも、「原沢さんたちが足跡を見つけたそうです」と、無線機を持ったゆき子さんが駆け込んでくる。きっとそうなると、わたしは信じていたのです。

しかし、正午きっかりに戻った原沢さんは、言葉少なにこう告げました。

「やはり、何も見つかりません。戻ります。ありがとうございました」

山岳部の六人は、横に一列に並んでおりました。部長の原沢さんの言葉を受けて、残りの五人も「ありがとうございました」と唱和すると、深く頭を下げるのでした。

こうなってしまえば、わたしに何が出来ましょうか。せいぜい、礼を失しないよう、彼らを送り出すしかないではありませんか。

「越智さんを見つけられなかったのはお気の毒でしたが、山では何が起きるかわからないと聞いています。きっとご無事ですよ」

わたしの言葉を気休めと思ったのか、原沢さんは小さく頷いただけで、後はリュックを担ぎ、雪原の彼方に去りました。

数日のお手伝いをお願いすることになると思った歌川ゆき子さんですが、案に相違して、たった一日で役目を失うことになりました。

「一日分の日当のために来ていただいたということでは、申し訳ありません。どうでしょう、直したいところもありますし、もう二、三日お願いできませんか」

しかしゆき子さんは、まったく迷いませんでした。

「いえ。わたしも下ります。本当なら、あの山岳部の皆さんと一緒に下りるつもりでした」

ゆき子さんは女中服を返し、元のアルピニストの恰好に戻りました。山靴にゲートル、ゴーグルにストック。日当の入った薄い封筒を受け取り、彼女もまた飛鶏館を去ろうとして、最後の最後。媚茶色のリブ・ヴォールトが連なった廊下で、ためらいと、そして決意をあらわにして、こう言いました。

「屋島さん。ここを出る前に、どうしても訊きたいことがあります」

「なんですか」

「昨日、わたしは客室に入って、ベッドを作りました。そのときに気づいたんです。乱れたベッドが六床、綺麗に整ったベッドは、五床でした。あわせて十一床です」

この廊下には、窓がありません。廊下はわたしの背後で曲がり、ゆき子さんの背後で曲がっています。白く塗られた壁のせいか、なんだか、細長く白い密室にいるような、そんな錯覚を起こします。

「十一って、おかしくないですか。これ、わたしが来る前の日の、救助隊の人数ですよね」

わたしは微笑みます。

「そうですね。確かに十一人、いらっしゃいました。登山会の皆さんがお帰りになるとは思わず、十一人分、用意してしまいました。お客さまを迎えるとき、こういう一見無駄に見える準備は、大切なことです」

「それはわかります。わたしも昨日、登山会のひとの分もベッドを作りましたから。でも、一昨日だと、どうしても不思議です」

しん、と空気が冷えています。

「救助隊は最初、この別荘に泊めてもらうつもりはありませんでした。ストックを見つけ、どうやら滑落者がこのあたりにいるとわかったから、無理を押して泊めてもらったと聞きました。一昨日の、午後のことです。

でもこのとき、登山会の皆さんはもう、山を下りることが決まっていたはずです。あのひとたちにはそれぞれ本業がありますから、未明から捜索に加わって日没までに下山することは、最初から決まっていたんです。

それなのに、登山会のひとの分までベッドが用意されていたのは、どうしてですか。泊めてくださいとお願いされてからベッドを作れば、六床になるはずです。まるで、ストックが見つかることがあらかじめわかっていたみたいじゃないですか」

わたしは、ゆき子さんの顔を見つめました。

ずっと寒い場所にいたためか、頬が赤くなっています。小さな体は防寒着を着込み、ひとまわり膨らんで見えています。目は険しく、わたしの凝視に対しても、小揺るぎもしません。

「それから、アイゼンです。山岳部のひとたちは見つけただけで舞い上がって、不思議にも思わなかったみたいですが、不思議です。

片方しか見つからなかったというのが、まず変です。アイゼンは、氷壁を登ったりするときに必要な、山靴につける金具です。歩いている最中に外れてしまうような、そんな脆いものではありません。もちろん、左右一組です。片方だけ落とすなんて、そもそもおかしい。

そして何より、アイゼンのまわりに足跡がなかったのは、どう考えてもおかしいです。靴につけるものを、足跡を残さずにどうやって落とすんですか。足跡を雪が吹き消したなら、どうしてアイゼンは雪に埋まらなかったんですか。

雪が止んでから、山の上から転げ落ちてきたのかもしれません。そんな都合よく落ちてくるほど八垣岳の山肌は滑らかじゃないですが。でも、もっと当たり前に考えれば……。誰かが雪原の中に、勢いをつけて投げ込んだんじゃないですか」

ゆき子さんの声は反響し、飛鶏館に吸い込まれていきます。わたしは体の前で手の平を重ね、彼女の話を聞いています。微笑みのままで。

「それだけなら、そういうこともあると思ったかもしれません。一番奇妙だったのは、昨日の、わたしへの指示です。屋島さんはわたしに、九床のベッドを作るように言いました。万が一、登山会のひとも泊まることになった場合を考えてのことです。

そこまで万が一を考えるなら、どうして十床用意しろと言わなかったんですか。

十人目が来ることを、どうして考えなかったんですか。……滑落した越智さんが見つかって、運び込まれてくることを、なんで考えに入れなかったんですか」

わたしは少しだけ、目を瞠りました。そうです、確かにそれは失策です。

ゆき子さんは言い募ります。

「わたし、考えました。屋島さんは、十人目が来ないことを知っていたんじゃないかって。越智さんが見つからないことを。だから万が一を考えて念のために命じたのも、九床だったんじゃないかって。

そうすると、一昨日に十一床作った理由もわかった気がしました。救助隊がストックという手がかりを見つけることを知っていて、彼らを迎え入れるためにあらかじめ人数分のベッドを作ったんじゃないかって、そう思ったんです。そして今日、屋島さんは客室に薪を運びましたね」

気がつくと、ゆき子さんはほんの少し、腰を落としています。……身構えています。

「救助隊が今夜も薪を使うことがあるとすれば、それは午前中に、新しい手がかりを見つけた場合です。やっぱりこのあたりで生きていると確信すれば、山岳部は今夜も泊めてくれるよう、お願いしたでしょう。もっとはっきり言えば、滑落者の履いていた山靴の足跡が見つかったら、です」

ゆき子さんは、じりじりと、わたしから離れていきます。

「屋島さん。わたし、おかしいと思ったから、昨夜は寝なかったんです。疲れていましたけど、必死に起きていました」

わたしは言いました。

「見たんですね」

ほんの僅か、あごを傾ける程度に、ゆき子さんは頷きました。

「見ました。ウッドデッキから小川に降りて、水の中を歩いていく屋島さんを。手には、山靴を持っていました。飛鶏館から充分離れた場所で小川から上がって、その靴で、足跡をつけましたね。滑落者の靴を履いて、まだ荒らされていない雪の上を、歩きまわりましたね」

そうです。確かに、そうしました。雪どけ水は冷たく、山の夜は寒く、わたしは凍えそうでした。越智さんの山靴を手に、足跡を残さないように踝までしかない小川を歩き飛鶏館を離れ、八垣内の雪原に足跡を残しました。

それ以前にも、自分の靴で足跡は付けておきました。ですが原沢さんは越智さんの靴の特徴を知っていて、それを越智さんの足跡だとは思ってくれませんでした。何とか、越智さん自身の靴で付け直す必要があったのです。

原沢さんたちがあれを見つけさえすれば、彼らは今夜も、この飛鶏館に泊まったでしょうに。

「あなたが、邪魔したんですね」

「何のつもりかわかりません。でも、山の仲間たちを惑わせることは許せない。全部、上からわたしの足跡で消しておきました」

残念です。その動きに、わたしは気づきませんでした。わたしが飛鶏館に戻り、そして救助隊のための朝食を準備していたころ、ゆき子さんはわたしの足跡を踏み消していたのでしょう。

体の前で重ねていた手の平をほどき、それを後ろ手にまわします。

気丈なゆき子さん。頑張るゆき子さん。ですがその目の中に怯(おび)えがあることを、わたしは見逃してはいません。

「屋島さん、あなたは越智さんの山靴を持っていた。もちろん、アイゼンを雪原に投げ込んだのもあなたです。そしてあなたは、救助隊が滑落者を見つけられないことを知っていた。この近辺に、滑落者は見つからないと知っていたんです。逆に言えば、滑落者の体がどこにあるか、あなたは知っていた。

あなた、滑落者を、越智さんを、いったいどうしたんです?」

わたしが手を後ろにまわしたのを見てか、ゆき子さんも右手を後ろにまわします。彼女の叫ぶような声がなければ、飛鶏館は静かです。しゃりん、と澄んだ音が、わたしの耳に届きます。そう、ちょうど、ナイフを抜くような音です。

かわいそうなゆき子さん。そんなものでは、人間を黙らせることは出来ません。ずしりと重い、煉瓦（れんが）のような塊。触れれば切れそうなこれこそが、人の口を封じるのに最も適しているのです。

わたしは前降家で、特別な渉外も任されておりました。好ましからざる人物の口を封じること、それがわたしの仕事でもありました。ゆき子さんも、いますぐにでも黙らせることが出来るでしょう。しかしわたしは、もう少しお話につきあうことにしました。言いたいことは言わせて差し上げる。それがわたしのやり方です。

それにゆき子さんはもう、飛鶏館の雇われ人ではありません。つまり、お客さまです。失礼はいけません。

「……昨日、屋島さんは言いましたね。地下の倉庫に、変わった肉があるって。見ればすぐわかるって。夕食に出そうとしましたよね」

自分の言葉の意味に耐えかねたのか、ゆき子さんの喉（のど）から、叫びがほとばしります。

「それっていったい、何の肉だったんですか！」

わたしは、お客さまの心をやわらげる笑顔を作ります。

「そうですね、そろそろ食べ頃です。ご興味があるなら、召し上がりますか？」

6

東京は目黒の貿易商、辰野嘉門の別荘。一名を、飛鶏館。

その一階には、レコード室があります。辰野様のご令息がレコードをお聞きになるための部屋ですが、静寂を好まれた辰野様は、この部屋に防音設備を施しました。ここから音は漏れず、また、ここに音は入りません。

そして、カーテンを閉めれば、光もまた入りません。薄暗がりのレコード室に、わたしは入ります。

暗がりに囁(ささや)きかけます。

「越智さん。越智さん。……起きていらっしゃいますか」

むくりと、影が動きます。低く湿った声が戻ります。

「ああ、屋島さん。僕、ずいぶん長く眠ったようですね」

「お薬が効いたんですわ。良く眠れたのでしたら、何よりです」

ポットに入れた白湯を湯呑みに注ぎ、越智さんに渡します。受け取って越智さんは、さも美味しそうに飲みました。

「ああ……。あったまる」

「何か召し上がりますよね。オートミールと白粥でしたら、どちらをお選びになりますか」

「粥しかないんですか」

と、越智さんは苦笑します。昨日まで食欲がなさそうでしたので、お粥をお勧めしたんですが。

「食べられそうでしたら、精のつくものを用意します。変わったお肉も、手に入ったことですし」

「変わった？　どんな」

「熊の掌です。熊撃ちの猟師から買いました。春になったら届けてもらうよう、頼んであったんです。珍味だそうですよ」

わたしはカーテンを開き、レコード室に光を導き入れます。暗がりに慣れた越智さんは、顔をしかめ、目を手の平で覆っています。寒くなりすぎないよう、窓は薄く開けます。

「ただ、お客さまにお出しするのは、わたしが料理法を学んだ後になりますけど」

「なんだ、食べられないんですか」

「クセがあるそうですから、すぐには。ご希望でしたら、数日のうちには研究します」

熊の掌は、地下の食料庫にしまってあります。この時期ですので、腐敗は心配いりません。

飛鶏館の客室は二階にありますが、足が折れていた越智さんを二階に運ぶのは無理でした。お客さまに対して申し訳なくはあったのですが、簡易ベッドをしつらえ、レコード室を仮の客間にしました。怪我人を助けるためです、辰野様も許してくださるでしょう。

越智さんの凍傷は、だいぶ良くなりました。痒みがあるようなので、かきむしらないよう包帯で巻いてあります。怪我の具合を診ながら話します。

「さっきまで、おかしなお客さまがいらしたんですよ」

「へえ」

意外そうに、越智さんは声を上げました。

「この雪の中、お客さんが」

「ええ」

体の痣(あざ)は、もう消えかけています。鎖骨の上の裂傷は、もう少し安静にした方がいいでしょう。それにしても、早い快復です。

「面白いことを言うお客さまでした」

「どんな?」

「わたしが、越智さんを殺したと思っていたようです」

つい、くすくすと思い出し笑いが漏れてしまいます。ゆき子さんの考えすぎにも、困ったものです。

しかし越智さんは笑うでもなく、怪訝(けげん)そうに訊(き)きました。

「誰が、どうしてそんなことを」

「人手が要りましたので、雇ったんです」

指の包帯を巻き直します。むずむずするのか、越智さんの指は、微(かす)かに動いています。

「余計なことを知ってしまったので、口を閉じてもらいました。ずいぶんと悩みがあったようですから、きっと今頃、喜んでいると思いますよ」

ゆき子さんの話はおおむね当たっていました。ベッド数のことも、アイゼンのことも、薪のことも。なにより偽の足跡を残すところを見られているのですから、わたしに言い逃れる術はありません。わたしの行為を言いふらされないためには、彼女の口を、封じるしかありませんでした。

「余計なこと」

越智さんが呟きます。

治りが早いとはいえ、まだ足と胸の怪我は重篤です。越智さんは簡易ベッドの上で、寝返りさえ出来ません。動けないのです。

「そして越智さん。あなたにも永遠に、口を閉じていてもらわなければならないんです」

カーテンを開けた窓からは、絶美の八垣内が見えています。もうすぐ、春。雪がとけ、奥様を亡くした辰野様の悲しみも癒えれば、きっと夏にはお出でがあるでしょう。

「実はさっきまで、救助隊の皆さんが来ていました。産大山岳部の皆さんと、応援に駆けつけた地元登山会の皆さんです」

「え」

あっけに取られたのか、越智さんはそう声を漏らしました。

「それで、いまは」

「帰ってしまいました。もう数日ご滞在いただこうと思ったんですが、邪魔をされまして」

両手を体の後ろにまわします。ずっしりとした頼もしい重さが手に伝わって、わたしを安心させてくれます。いますぐにでも越智さんを黙らせることは出来ますが、何も知らないままというのは可哀想(かわいそう)です。言いたいことは言わせて差し上げます。

「ど、どうして。なんで僕がここにいると、言ってくれなかったんです」

ああ、その理由はただひとつ。うっとりとして、わたしは告白します。

「この飛鶏館は、あまりに見事です。スコティッシュ・バロックの様式を模した、実に見ごたえのあるカントリーハウスです。わたしはこの建物と、それを囲む八垣内の自然を愛しました。そして、一年間、手入れを続けてきました。誰にも自慢できる、完全な状態を維持している自負があります。

完全な状態の素晴らしい建物に、お客さまをお招きしたくなるのは、当然ではありませんか！」

越智さんというお客さまをお迎えし、わたしの心は躍りました。

ひとりきりで過ごした一年という時間、わたしが心を寄せたのは飛鶏館でした。

花を育てるものは、花を愛(め)でてもらいたがります。

蒐集物を自慢しない蒐集家など、存在しません。

家を磨き上げたわたしがお客さまを切望したのは、わがままでしょうか。

……しかし越智さんは言いました。明日にも助けが来ると。助けが来れば、帰ってしまうと。そんなことはさせられませんが、助けが来るのは嬉しいことでした。

お客さまが増えるからです。

「ですが、わたしは救助隊に越智さんのことを言いませんでした。このまま越智さんが治って山を下りて、この飛鶏館で養生していたことが伝わると、わたしはとても困るのです。とても」

わたしの告白に怒りの色を浮かべた越智さんでしたが、たちまち、その顔色が変わります。ままならない体を、狭い簡易ベッドの上で蠢かします。

「越智さん、聞きましたよ。山で遭難すると、ずいぶん救助費用が嵩むそうですね。このまま下りても、つらいことが待っているだけです。それなら……」

「いや、言わない。何も言いません。山を下りても、上手く言い逃れします。だから、だから」

越智さんの舌が縺れています。

白い光に満ちた窓を背に、わたしは簡易ベッドの越智さんを見下ろします。

「……わたし、口約束を信用しないことにしているんです。だから……」

口を閉じてもらう方法は、これに限るのです。ヒマラヤに行きたいと言っていたゆき子さんも、簡単に黙らせられました。

触れれば切れそうに真新しい煉瓦のような塊を、わたしはつきつけます。越智さんの目が見開かれ、その喉がごくりと鳴るのを確かめると、かつて毎日のように作っていた微笑(ほほえ)みで、わたしは言いました。

「これで、あなたの沈黙を買いましょう」

玉野五十鈴の誉れ

1

わたしの弱さは生まれつきのものだったのだと、いまになって思う。最後の時まで、わたしは抗（あらが）うということをしなかった。何もしないのが正しいのだ、従うのがいちばん良いのだと、わたしは自分の前に百の理由を並べ立てた。

彼女は——。玉野五十鈴は、そんなわたしを助けたかったのだろうか。

五十鈴の誉れとは、何だったのだろう。

わたしは、小栗（おぐり）家のただ一人の子だった。親族の誰もが、今度こそ男の子をと望んだのだという。しかしわたしは女に生まれてしまった。

同じようにただ一人の子として生まれ婿（むこ）を取った母は、わたしに接するに愛ではなく、おそらくは同情をもってした。同じ境遇を味わわねばならないわたしを、母ははじめから、憐（あわ）れんでいたように思う。

無言の力が、母に第二子を産むことを迫っている。次こそ、次こそ男子をと。母がかろうじて耐えていられるのは、お祖母さまがその責めに加担しないからだ。跡継ぎのことについてだけは、お祖母さまも母を責めない。お祖母さまは母のほかに、男ばかり三人を産んだ。戦争と病気と事故で、それぞれ死んでしまったと聞いている。どうやらお祖母さまは、結果として小栗家に男子を残せなかったことを、ご自分の罪と思っているらしい。だから、男を産まないことについては、お祖母さまも母を責めない。

しかしその他のことについては、お祖母さまには容赦がなかった。わたしが生まれる前に亡くなったお祖父さま、その威光を一身に受け継いで、お祖母さまは小栗家の王として振る舞った。

小栗家は、駿河灘に面した、高大寺という土地に根づいた一族だ。わたしの部屋からは、高大寺の街と海とを眺め下ろすことができる。古いということでは、小栗家は高大寺でも群を抜いている。かつてはそれこそ王のように君臨し、高貴な客を一度ならず招いたこともあったという。お祖母さまの手配りにより、わたしが人の噂話を耳にする機会は、ほとんどない。それでも、小栗の家がかつてに比べれば下り坂だということは聞こえてくる。いまでも小栗家は種々の宝を有し、有り余る土地からの賃料で山海の珍味を思うさま並べることができる。いまを凌（しの）ぐ往時とは、どれほどのものだったのだろう、と思う。

その往時を知るからこそお祖母さまは、あれほどに苛烈（かれつ）なのかもしれない。家の中でも黒い着物をぴしりと着こなし、確かに美しい所作でもって、お祖母さまは小栗の家を見まわる。家を出ることはほとんどない。わたしに向けては、よくこんなことをおっしゃった。

「純香（すみか）。お前の母がこのまま男子を産まなければ、この小栗の家を守るのはお前です。『鵠（こく）は日に浴せずして白し』という。生まれつきの本性は変えられぬということです。お前には詠雪（えいせつ）の才があります。身を慎み良く学び、必ずや、小栗の家を再興しなさい」

わたしは実際、学ぶことは嫌いではなかった。典籍を繙（ひもと）くことは興奮に満ちていたし、数字の世界の神秘にも魅せられた。しかしなにより学校というところが楽しかった。同い年の、気の置けない友と交わることができるのだから。

しかし、お祖母さまはいかにしても、わたしの交友を認めてくれることはなかった。わたしは友を家に招くことはなかったけれど、お祖母さまはいつも全（すべ）てを知っていて、こう言うのだった。

「『直きを友とし、諒を友とし、多聞を友とするは益なり』。それなのに、あの者にはそのどれもが欠けています。『其の子を知らざれば、其の友を視よ』という言葉を、知らぬお前ではないでしょう。あのような者との交わりは、以後、禁じます」

そして、小栗家の権勢を存分に振るって、お祖母さまはわたしの友を遠ざけた。何度繰り返しても同じこと。最も親しかった子は、高大寺の地を離れることにすらなった。そうしてわたしは孤高になった。そうなりたいわけではなかったのに。

物心ついて、わたしは母のことを知る。母はまるで、魂を抜かれた人形のようだ。瞳に光がなく、振る舞いに覇気がなく、ただ唯々諾々と従うだけ。お祖母さまが好きな引用を真似れば、婦人に三従の義有りて専用の道無し、ということになる。嫁しては夫に従い、というところだが、母は父に従っているのではない。母を従わせその魂を抜いてしまったのはお祖母さまだ。

わたしもまた、強くはない。離れてしまった友を思い、あたたかく抱きしめてくれる母を思い、時に枕を濡らす弱い女子に過ぎない。それではわたしも、いずれ魂を抜かれてしまうのだろうか。

いつからかわたしは、その怯えを抱いて生きるようになった。

あれは、わたしが十五になった日のことだった。

座敷は親類で埋められ、小栗家の土地を借りている人々からは祝いの品が山と届けられた。親類たちの美辞麗句にわたしは胸を悪くした。贈り物は何一つ、取るに足るものはなかった。掛け軸も時計もカステラも、小栗家にあるものから格落ちすること甚だしい。いくらかは使用人に与えられたのだろうけれど、残りは屋敷の裏の焼却炉で、灰にされることになる。

息の詰まるような祝いの席が終わり、部屋に下がろうとしたわたしを、お祖母さまが引き止めた。

「待ちなさい、純香。あなたに与えるものがあります」

わたしはお祖母さまから、多くの贈り物を受けていた。あるいは文房四宝であったり、あるいは稀覯書であったりした。わたしはそれらを喜ばないわけではなかったが、お祖母さまがそれを通じてわたしに求めているもののことを思うと、暗然としたものだった。だがわたしには、ただ一つの言葉しか許されていない。

「はい。ありがとうございます、お祖母さま」

しかし、お祖母さまが手を鳴らし襖が開かれると、わたしははっとした。そこには物ではなく、人の姿があったからだ。女の子だった。正座をしてかしこまり、額を畳につけんばかりに深々と、頭を下げている。お祖母さまが告げる。

「あなたも、そろそろ人を使うことを覚えた方がいいでしょう。この子をあなたにつけます」

そして女の子に命じて、

「さあ、挨拶をなさい」

女の子は小さく「はい」と答えると、顔を上げた。きりりとした眉に、引き結ばれたくちびる。年のころはわたしと同じぐらいと見えた。あ、綺麗な子、と思った。

「玉野五十鈴と申します。今日から、ご当家にお仕えすることになりました。何卒、よろしくお願いいたします」

その声は柔らかく、丁寧でありながら媚びた感じはしなかった。あがるふうもなく、虚勢を張るわけでもなく、つつましくも堂々としていた。このときわたしは既に、この子とは小栗家の座敷ではなく、どこかの路傍で会えたならよかったのにと、そう惜しんでいたと思う。そうであったら友達になれたのに、と。

「五十鈴は身元の確かな子で、諸芸もひととおりわきまえています。あなたが連れ歩いても、恥をかかせるようなことはないでしょう。住み込みで部屋を与えましたから、いつでも、用を言いつけなさい」

およそお祖母さまが、外の人間を褒めることはない。使用人を良く言うことなど考えられもしなかった。しかしお祖母さまは、五十鈴を認めている。この子とならいっしょにいてもいいんだ。そう思い、わたしは知らず、頰を緩めた。

しかしお祖母さまは、そんなわたしをじろりと睨めつける。

「純香。古来より使用人は、『之を近づくれば則ち不遜なり、之を遠ざくれば則ち怨む』といいます。思い上がらせるようなことがないよう、気をつけなさい」

本人がかしずいているのに、満座の中で言う。思わず五十鈴の顔を見たが、彼女は色をなすこともなく、ただ静かに座っている。その内心をわずかでも読み取ることは、わたしにはできなかった。

親類たちの間から、「さすが良い贈り物」とか、「そうですな、純香君もそろそろ」とか、お追従の言葉が上がる。お祖母さまがそんな言葉を聞くかどうか、彼らも知らないわけではないだろうに。

一方わたしは、戸惑いを隠せないでいた。この子をどうすればいいのだろう。どうすれば、お祖母さまの思惑にかなうのだろう。考えあぐね、お祖母さまに返事をすることも忘れたわたしに、助けの言葉が差し出された。母だった。

母は疲れと恐れの滲んだ声で、しかし優しく、こう言ったのだ。

「良かったわね、純香。でも、あまり意地悪をしてはいけませんよ。『己の欲せざる所は人に施す勿かれ』とも、言いますからね」

「香子、お前は余計な口出しをするな」

もちろん間髪を容れず、お祖母さまの叱声が飛ぶ。わたしはいつものように身を硬くして、それをやり過ごした。

五十鈴の立ち居振る舞いには無駄がなく、見ていて美しいほどだった。茶道か華道か、そうしたものを習っていたのだろう。

座敷を後にしたわたしの後を、五十鈴はついてきた。わたし付きの召使いということだけれど、会ったその日に、自分の部屋に入れる気にはなれなかった。

わたしの部屋は離れにあって、母屋と離れを繋ぐのは一本の廊下。その廊下の手前で歩みを止めた。部屋は有り余っている。適当な部屋の障子を開け、わたしは五十鈴に座るように言った。

月明かりが部屋を照らしていた。五十鈴の顔を見られるぐらいに夜は明るく、それなら明かりはいらないと思った。滅多に使わない部屋なので、座布団もどこにあるかわからない。わたしと五十鈴は青い畳に正座して、向かい合った。

「改めて」

と切り出した。

「はじめまして、玉野五十鈴さん。わたしが小栗純香です」

わたしはむりやり、笑みを作った。しかし五十鈴は、眉一つ動かさない仮面のような顔のまま。三つ指をつくと、深々と頭を下げる。

「玉野五十鈴でございます。どうぞ、よろしくお願いいたします」

物腰は丁寧で申し分ない。

しかしわたしは、拒まれている、と感じた。五十鈴は礼儀正しいのではなく、心を開かずかたくなになっている。生来あまり人付き合いということをしてこなかったわたしにも、それぐらいのことはわかった。わたしは驚き、微かに不快を感じ、大いに戸惑った。……けれどわたしは五十鈴の拒絶を、どこか嬉しくも思っていた。

物心つく前の無邪気な時期はいざ知らず、長ずるにしたがって、周りの人間のわたしへの接し方は決まりきったものになっていた。敬して遠ざけられるか、媚び諂われるか。いつもそれで、身の置き所がなくなってしまうのだ。

五十鈴は違った。彼女のそっけなさは、もっと、人間的なものである気がしたのだ。気づくとわたしは、知らない間に、指をもぞもぞと動かしていた。はしたないことだ。きゅっと自分の手を握りしめる。

「あの」

つい、言葉が濁ってしまう。

「五十鈴さんは、おいくつかしら。わたし、今日から十五なの」

言ってから、五十鈴は当然知っているだろうと気がついた。何しろ誕生日を期してわたしに紹介されたのだから。もちろん五十鈴は、知っていますなどとは言わなかった。ただ短く、

「十五になります」

とだけ答えた。

五十鈴は友達ではないのだと、わかってはいた。お祖母さまはそれを許しはしないだろう。それでも、同い年の子がそばにいるようになったことを、わたしはひそかに喜んだ。ただお祖母さまは、「人を使うことを覚えよ」とおっしゃった。それは、わたしになにをせよとの命令なのだろう。そんな思いが口をついて出てしまう。

「五十鈴さんは……。ここで、何をしてくれるの」

すると五十鈴は、再び指を畳についた。

「お嬢さまがお望みになることを」

透き通り、抑えられた声。とん、と胸を衝かれたような気がした。目の前の同い年の女の子に、心の奥底を見抜かれたようで。

望みのままに。お祖母さまの望みはわかりきっている。わたしが、この小栗家を継ぐに相応しい者として成長すること。……では、わたしは。わたしは、気丈らしい目を立場のゆえにじっと伏せているこの子に、何をしてもらいたいのだろうか。月の冴えた晩だった、という憶えがある。中庭に植えた松の、ぐねりと歪んだ姿が、黒々と障子に映し出されていた。欄間から吹き入る涼しい風が首筋をなでた。わたしは自分の心がわからなくなった。

あまりに長く黙っていたので、さすがに訝しく思ったのだろう。五十鈴はおもむろに顔を上げた。その黒目がちの瞳が真正面からわたしを捉えると、わたしはもう、何かを言える気がしなくなった。不思議そうにしている五十鈴が、「どうしましたか、遠慮などせず、思いのままを言えばいいのに」と責めてきている気がして、わたしは頬に血が昇るのを感じた。

苦しく、そして恥ずかしいようなひとときだった。

それを破ったのは、僅かな足音と障子に映った影。そして、不意にかけられた言葉。

「純香。そこにいるのか」

障子を開けたのは父だった。痛々しいまでに痩せた姿で、月を背にしている。これまで完璧な振る舞いをしていた五十鈴が、須臾の間ためらうのを、わたしは見た。入ってきたのが誰なのか、わからなかったのだ。無理もないことだ。先程の座敷でも、親類に紛れて、父は座っていた。しかし、お祖母さまは入り婿である父のことを、まるで気にもかけないのだ。小栗家においてお祖母さまが見ないものは、それだけで影が薄くなる。

さすがに、五十鈴はすぐに座礼する。わたしは父を見上げた。

「お父さま」

父は力なく微笑んでいた。

「どうしたんだ、純香。こんな暗いところで」

そう言って父は明かりをつけた。月明かりは振り払われ、暗がりに慣れたわたしと五十鈴は、同じように目を細くして手庇を作る。眩しさに耐えながら、わたしは答えた。

「今日から手伝ってもらうんですもの。挨拶をしていたのよ」

「ああ、そうか。それはいいことだ。だけど座布団も敷かず、それでは足が痺れるだろう」

言いながら、父は五十鈴のそばに屈みこむ。

「玉野君、だったね」

「はい」

父の言葉は、どこか、願いごとをするようだった。

「義母はああいうひとだから、君も苦労が多いと思う。だがこの家で、本当の意味で純香の味方になってやれるのは君だけだ。どうか純香と、仲良くしてやってくれ」

そして一揖する。頭を下げられ、五十鈴は少々、慌てたようだった。

「顔をお上げください、旦那さま。お言いつけは、確かに、肝に銘じましたから」

「そうか。なら」

「はい」

五十鈴はわたしに向かい、姿勢を正した。

「お嬢さまさえ、お許しくださるのでしたら」

わたしは、自分が思いがけず父の言葉に救われたことを知った。先程までの緊張が去って、自然に五十鈴を見ることができた。微笑みさえも浮かんできた。

「もちろんよ、五十鈴さん。仲良くしてくださいね。……それと、お嬢さまというのは、どうかやめてね。寂しくなるの」

五十鈴はほんの少し首をかしげたが、やがて悪戯（いたずら）っぽい光を目に宿し、こう答えたのだった。

「はい。……純香さま」

2

それからの数年、本当に幸せだった。

中学校を出た後、わたしは上の学校に進んだ。お祖母さまは、どうやら本心では、それを喜んでいなかったらしい。ご自身はあれほど漢籍の引用を好むのに、やはりどこかで「女が学問なんて」と考えておられるようだった。小栗家再興のためならば止（や）むを得ずというところだったらしく、わたしが五十鈴も一緒に入学させたいと言い出したときには血相を変えた。

「使用人ごときに教育をつけさせて、いったい何になるというのですか。余人ならいざ知らず、このわたしの目の黒いうちは、そんなみっともないことは許しません」

それは残念だったけれど、わたしも五十鈴も、実のところお祖母さまが認めてくれるとは思っていなかった。いわば、言ってみただけのこと。そんなことが出来るようになったのも、五十鈴が来てからのことだ。

こうして、昼間わたしは学校へ通い、五十鈴は屋敷で雑用をすることになった。帰れば五十鈴がいるのだと思うだけで、わたしは孤独ではなくなった。たったそれだけで、わたしは少し、変わったのだと思う。構えずに笑うことが出来るようになったし、級友たちとのお喋り(しゃべ)を、楽しいとさえ思うようにもなった。

しかしなによりも五十鈴だ。五十鈴といるとき、わたしはこれまでの取るに足らない人生では知ることのなかった、安らいだ気持ちになることができたのだ。

五十鈴は利口だった。五十鈴は小栗家に仕える忠実な使用人で、わたしに対しても完全な服従と我(が)を殺した態度をもってした。お祖母さまはそんな五十鈴に満足を覚え、彼女を使いこなすわたしを褒めることさえあった。

そして二人きりになると五十鈴は膝(ひざ)をつめて、わたしの話を聞いてくれた。学校であったこと。お祖母さまに叱(しか)られたこと。かわいそうな母のこと。五十鈴はわたしの喜びを喜び、悲しみを悲しんでくれた。

それに何より五十鈴は、わたしに新しい世界を見せてくれたのだ。

ある日のこと、離れにあるわたしの部屋で、わたしと五十鈴はそれぞれ本を読んでいた。わたしは文机に向かって。五十鈴には書見台を貸したけれど、あの子はそれを使わず、座椅子にかけて気ままに読んでいた。こうしたときはお互いに黙って、ときどき五十鈴が気を利かせて飲み物を用意してくれたりするほかは、風鳴りや虫の音だけが部屋を満たすのが常だった。しかしその日、ほんの思いつきのように、五十鈴が訊いてきた。

「純香さま、何を読んでいるんですか」

わたしは、手の中の本を見せた。五十鈴は、あきれたような敬服したような、その両方のような変な顔をした。

「『荘子』。学校で使うんですか」

「そうね、でも、だから読んでいるわけではないわ。楽しいの」

読みさしの『荘子』を文机に置いて、今度は私が訊く。

「五十鈴は何を読んでいたの」

「小説です。これは」

と言いかけふと口を閉じると、いまはもう見慣れた悪戯っぽい目で、五十鈴は自分の本を差し出した。

「一晩だけ、交換しませんか。きっと楽しいと思います」

それは素敵な提案だったけれど、わたしはためらわざるを得なかった。

「でも……」

言葉を濁して、

「お祖母さまが選んだ以外の本を読むと、叱られるのよ。それに小説なんて」

五十鈴は、わたしが何を言っているのかわからない、という顔をした。

「秘密にすれば、よろしいのでは」

「……それもそうね」

そしてそういうことになった。五十鈴が勧めることは、たいてい、わたしの心を捉えて離さないのだ。

五十鈴が貸してくれたのは、エドガー・アラン・ポーだった。その晩わたしは、これは何が書かれているのだろうと戸惑い、やがて注意深く頁をめくり始め、最後に熱中した。神秘の中に合理性があり、厳粛と諧謔が入れ替わり立ち替わりあらわれる。わたしは翻弄され、酔った。得体の知れぬ恐怖やえもいわれぬ美しさを畏敬しながら、どこか冷徹な観察が混じる感覚は、これまで知らないものだった。一晩の約束だった交換は三日に延びて、わたしはその間に、幾たびも溜息をついた。本を返すとき、五十鈴が訊いてきた。

「どうでしたか」

わたしはいろいろ考えた末、一言でそれに答えた。

「驚いたわ」

五十鈴はそれだけで、深く満足したらしかった。そういえば見たことのなかった満面の笑みで、「はい」と頷く。それが何だか嬉しくて、わたしもつい、笑顔になった。礼儀として、こちらからも尋ねる。

「五十鈴は、どう」

「面白かったです。『轍鮒之急』の話など、手を打って笑いたくなったほどです」

わたしは首をかしげた。

「『荘周忿然として色を作して曰わく、周、昨来たるとき、中道にして呼ぶ者有り。周、顧視すれば、車轍中に鮒魚有り』……。あれは、時宜を得るということについて教える逸話だったはずよ。それがどうして、おかしかったのかしら」

五十鈴は涼しい顔でこう答えた。

「借金を断られた腹いせに、まわりくどい喩え話で延々と相手をなじる。そんな荘子が滑稽で、楽しかったんです」

わたしは思わず、左右を窺った。お祖母さまがどこかで聞いてはいなかったかと、どきりとしたのだ。もとより誰もいるはずはなく、部屋にはわたしと五十鈴の二人きり。それを確かめてから、わたしも大いに、笑いだした。五十鈴にはかなわない。五十鈴にかかれば、『荘子』も笑い話だったのだ。

それからわたしは、何冊もの本を読んだ。

春宵、お祖母さまの目を盗んで中庭に下り、街明かりと月明かりを頼りに読んだ。炒られるような夏の日、五十鈴の団扇にそよそよと煽がれながら読んだ。鈴虫が鳴く秋、じっと噛み締めるように、果てしなく長い長い物語を読んだ。一つの火鉢を二人で囲む冬、かじかむ指をあぶりながら読んだ。

わたしはあたかも、五十鈴に手を引かれる幼な子のようだった。五十鈴はわたしに、ボルヘスを、ゴーゴリを、チェスタートンを教えた。彼女の選択は取りとめがないのか、それとも何か彼女なりの好みがあるのか、それすらわたしにはわからなかった。ただ、一冊としてわたしに驚きを与えないものはなかった。

また、彼女はこんなことを言いもした。

「純香さまは、和漢のものがお好きなようですね。でも、読み物はいかがでしたか」

「お祖母さまがお好きでないから……」

「『志異』や『紅楼夢』、『宇治拾遺』に『雨月』ぐらいなら、大奥さまもお許しになるのではないですか」

そうかもしれないと思い、わたしはそれらを手に入れて読んだ。「『宇治拾遺』から芥川というのも定石です」と言われて、それも読んだ。「『雨月』は中国に範をとったものが多いです。『剪燈新話』など、いかがですか」と言われて、それも読んだ。そうして読んでいくうち、「これは中国の小説の中でも、最良と言われるもののうちの一つです」と言われ、まんまと乗せられて読んでしまったのが『金瓶梅』だった。翌朝、わたしは顔を真っ赤にして何も言わず、足音を立てて五十鈴を追い、何度も何度もぶった。五十鈴は笑いながら「ごめんなさい、ごめんなさい。この本を差し上げますから、許してください」と一冊の本をくれた。そうして読まされたのがバタイユの『蠱惑の夜』だったものだから、わたしはもうすっかり臍を曲げて、三日も五十鈴に口を利かなかった。どうやら五十鈴はマルキ・ド・サドも用意したようだったけれど、さすがに反省したらしく、それは出してこなかった。

わたしは五十鈴の主だったけれど、五十鈴はわたしの、一面の師であった。そしてなにより、たぶん友達だったのだと思う。ところが、わたしは五十鈴のことを何も知らなかった。それは不満なことであり、引け目でもあった。

あれは確か、霖雨降りそぼつ六月のことだったと思う。用を聞きに来た五十鈴に、何気ないふうを装って訊いた。

「いいえ、飲み物はいらないわ。ところで五十鈴は、どこの生まれなの」

「わたし、ですか」

五十鈴は敷居の前で三つ指をついていたが、顔を上げると目をしばたたかせた。わたしは五十鈴のことを本当に何も知らなかったので、もしや悪いことを訊いてしまったのではないかと不安に襲われた。

「もちろん、話したくなければ、いいんだけど……」

「いえ。ただ突然のお尋ねだったので、驚いてしまって。生まれはこの高大寺で、松原です」

「ああ、松原なの。松原なら、よく行くわ」

松原は高大寺の中でも高台にあって、良いお屋敷が並ぶ一角だ。お祖母さまに付き従って何軒か訪問したことがある。五十鈴はどこかのお屋敷で、奉公人の子として生まれたのだろうか。

ほかにも、訊きたいことはいろいろあった。わたしは五十鈴を手招きする。五十鈴は一礼して敷居を越えると、半身になって襖を閉めた。

「五十鈴はずいぶん本が好きで、珍しいものも読んでいるわね。わたし、まだ知らないんだけど、あなたが特に好きなものはあるの」

五十鈴は照れたように目を伏せて、

「わたしごとき、本が好きだなんて恥ずかしいです。でもそうですね、やっぱりポーでしょうか」

「そうなの。もしかしたら、とは思っていたわ」

「はい。あの生き埋めの息苦しさが恐ろしくて、素敵です。日本では火葬がほとんどで、生きたままの埋葬は考えられませんけれど」

わたしは、微笑むしかなかった。

「そうした本は、どこで読んだのかしら」

「はい。家にあったものを読みました」

「家。ご実家のこと？」

「はい」

ふと気がついた。十五の誕生日から五十鈴はずっと、わたしのそばにいた。藪入りのころ、ほかの使用人たちが里に下がっても、五十鈴だけは小栗家にいてくれた。

「そういえば五十鈴は、まだ一度もご実家に帰ったことがなかったわね。どんなお家なの」

わたしは五十鈴のことを知らなかったのだ。五十鈴のことが好きだから、知りたいと思ったのだ。だから彼女が、

「焼けました」

と口にしたとき、わたしは腹を打たれたように感じた。そのことを悟り、恥じ、取り乱し察することもせず愚かなことを訊いてしまった。

た挙句に、わたしはもう一つ愚を重ねてしまった。

「ご家族は」

「ですから、焼けました」

それからわたしが何を言ったのか、憶えていない。たぶん許しを乞いはしたと思うのだけれど、それが言葉になっていたかどうか。何が悲しいといって、いまのいまに至るまで五十鈴のことを知ろうともしなかった自分の心ほど、悲しいものはなかった。それで友を得たと喜んでいたことが悲しかった。気がつくとわたしは泣きじゃくり、五十鈴の膝に頭を乗せていた。五十鈴はぎこちない手つきで、わたしの髪を撫でていた。そうしながら彼女は、何度も何度も、同じことを繰り返していた。

「大丈夫です。大丈夫です、純香さま。どうか泣かないでください。純香さまにそん

なに悲しまれては、わたしはどうすればいいかわかりません。大丈夫ですから、大丈夫……」

ようやく顔を上げたわたしは、困った駄々っ子をあやすような、慈しみのある五十鈴の笑顔をそこに見た。

「純香さまとの毎日が幸せすぎて、昔のことなど、もう忘れました」

さあ、お座りになって。そう促され、わたしはしゃくり上げながら身を離す。五十鈴はわたしを安心させるように微笑んでいたが、やがて、すっと真顔に戻った。青畳に指をつき最初の晩のようにかしこまって、五十鈴は言った。

「そういうわけですので、わたしは一人です。ですが、幸い小栗家に雇い入れられ、純香さまにめぐり合うことができました。幸せなことだと思っています。

わたしは、忠実にお仕えいたします。ですから純香さま、どうか……。どうか五十鈴を、長く置いてくださいませ」

わたしは、なおも零れる涙を指で拭った。言うまでもないことだった。飾る言葉は何一ついらず、ただ、自分の本心を五十鈴に伝えた。

「もちろんよ。ずっとずっといつまでも、わたしのそばにいてね。わたしはあなたを離さないから、あなたも離れないでいてね。お願いよ、五十鈴」

さわさわと、雨は降り続いていた。

歳月は夢のように過ぎて、わたしも一つの岐路を迎えることになる。

高等学校に通う間に、父と母の間に男子が生まれることはなかった。お祖母さまはわたしに、卒業から間を置かず婿を取らせ、小栗家の安泰を図りたいようだった。

わたしは大学に進むことを考えていた。学ぶことが好きだったからであり、高大寺しか知らない自分に不安を覚えたからでもある。そしてもう一つ、お祖母さまには決して明かせぬ理由もあった。

お祖母さまはわたしを座らせ、自身は立ったままで一喝した。

「何を言うかと思えば、馬鹿らしい。お前には充分、時を与えたはずです。この上、大学などと心得違いも甚だしい。忘れたのですか、お前は小栗家を守り、盛り立てるためにいるのです。それが学者なぞになって、どうしようというのです」

同席した母が、消え入りそうな声で、それでもわたしに味方してくれようとする。

「純香は何も、学者になろうと言っているわけでは」

「黙っていなさい。わたしは純香に話しているのです」

そう決めつけられると母は悄然として、わたしにちらりと視線を送ると、うつむいてしまった。

以前はわたしも、母と同じだった。お祖母さまの前に出るとたやすく打ち据えられ、恐ろしさに指の先まで痺(しび)れて物も言えなかった。

しかし、いまやわたしは二つのものを得ていた。ひとつは、なけなしの勇気。五十鈴と交わったことで笑顔を取り戻し、人の輪の中に入ったことで手に入れた、ささやかな心の力がわたしにあった。わたしはお祖母さまを仰ぎ見て、その射るような目に必死に耐えた。

もうひとつ、かつてのわたしになかったもの。それは、狡猾(こうかつ)ということ。五十鈴はお祖母さまの前では愚直であり、わたしの前では友となってくれた。その如才なさをわたしは学んでいた。

「お祖母さま、お叱(しか)りはごもっともです。ですがわたしは、小栗家を継ぐものとして、自分にどうしても足りないところがあると思うのです」

お祖母さまは、眉(まゆ)をぴくりと動かした。

「……言ってみなさい」

反論など何一つ許さなかったお祖母さまが、耳を傾けてくれるのだ。わたしは、自分の心臓が早鐘のように打つのを感じていた。口の中が渇いていた。逃げ出したい気持ちを堪えながら、その恐れを悟られぬよう、必死だった。

「はい。わたしは高大寺で育ちましたが、未だ有徳の人と交わるということをしていません。このまま婿を取りましても、高大寺の外の者には見識を侮られるのではと、不安を覚えずにはいられません」

実際、小栗家の土地を借りる者は、このところ高大寺の外の人間が増えていた。高大寺に名だたる小栗家というだけでは、箔がつかなくなってきていたのだ。お祖母さまの焦りの元のひとつは、そこにある。わたしはお祖母さまの泣き所を突いたのだ。

「大学を望むのは、学問の道を究めるためではありません。選りすぐられた人々の中に加わることで教化を得る、『芝蘭の室に入るが如し』ということがあるのではと思うのです」

お祖母さまは、頭ごなしに否もうとはしなかった。不快に思っていることは眉間の皺から明らかでも、考えてくださっていた。わたしは固唾を呑んで、お祖母さまの言葉を待った。

「確かに……」

と、やがてお祖母さまは切り出した。

「お前の言うこと、一理なしとはしません。いまの小栗家には、あのような男でも当主がいますから、わたしもお前の結婚を急いではおりません」

あのような男、とは、つまりわたしの父のこと。父は、わたしの行く先を決めるこの場に、呼ばれもしていない。それがお祖母さまの、父への接し方なのだ。

「『玉琢かざれば器を成さず』ということもあります。高大寺の有象無象ばかりを相手にしていたのでは先行きが思いやられる気持ちも、わかります」

お祖母さまがこれほど人の意見を容れたことはない。わたしは知らず、膝を乗り出していた。

「では、お祖母さま」

「ただし」

じろりと睨んで、

「お前はもちろん、『鮑魚の肆に入るが如し』という言葉も知っているでしょう。良き者と交われば、お前は良く学んで戻ってくるかもしれない。しかしわたしの目の届かぬところで、下賤の輩といらざる交友を結んでは、すべては台無しです」

「でしたら」

と、すかさず言葉を挟みます。この時を待っていたのです。

「目付けをつけてください。わたしも、ひとりで高大寺を出るより、使用人を連れて行く方が安心できます」

お祖母さまは再び考え込んだけれど、今度の沈黙は、長くはなかった。

「……いいでしょう。誰か、五十鈴を呼んできなさい」

飛び上がりたいぐらいに嬉しかった。けれど、つんと澄まして、そんな思いはおくびにも出さない。わたしは狡猾ということを学んでいたのだ。

こうしてわたしは、高大寺を出ることになった。

お祖母さまは五十鈴に、十日に一度、わたしの行状を記した報告を書くことを言いつけた。祐筆も勤まるほど字に達者な五十鈴にとって、それはさしたる負担ではなかった。高大寺を出るその日、お祖母さまはわたしのために祝宴を設けた。いつものように多くの贈り物が積み上げられ、そのほとんどが捨てられたけれど、たった一つ卓上灯だけは気が利いていた。本を読むのに便利なものだ。

わたしは、自分が夢を見ているのではないかと思った。これまで母を、わたしを縛りつけていたお祖母さまの軛が、こうも易々と外れるとは。この世でただひとり信じている五十鈴と、二人で暮らせるとは。もちろん、大学を出るまでのことではあるけれど、わたしは自由を手に入れたのだ。

それになにより、わたしはお祖母さまを説得できるとわかった。お祖母さまは決して、逆らい得ぬ絶対の王ではなかったのだ。一度の抵抗が成功したいま、二度目、三度目があり得ないということはない。己の器量で運命を切り拓いた、そんな高揚感にわたしは酔った。

本当に幸せだった。

つまりわたしは、まだお祖母さまのことを、よく知ってはいなかったのだ。

3

わたしが高大寺を離れた期間は、二ヶ月に満たなかった。

その短い間、わたしは、これまで以上の幸福を予感していた。大学で「バベルの会」に属することができたのだ。

趣味人たちの倶楽部「バベルの会」は、読書を愛する者たちの集まりだった。わたしはそこで、本物の知性と教養、そして品格を備えた人々にめぐり合うことができた。お祖母さまに話した『芝蘭の室』の喩えは、遠からず本当のことになりそうだった。

そして、いずれ劣らぬ「バベルの会」会員たちの間でさえ、五十鈴は輝きを失わなかった。

大学のサンルームで開かれた、ある日の会合。わたしは五十鈴を伴って加わることになった。白い円卓についたわたしの、斜め後ろに五十鈴が控える。それを見て、副会長が声をかけてきた。

「あら。小栗さん、後ろの方はどなたですか」

わたしの誇りである玉野五十鈴を、わたしは胸を張って紹介した。

その日の「バベルの会」の世話には、五十鈴が加わった。彼女はいつも通りに仕事をした。つまり、差し出がましいことをせずあくまで控えめに、しかし誰かが何かを望んだときには、既に用意を済ませていた。お茶は適温で、カップを運んでも水面にさざなみひとつ立たない。いつもの五十鈴だった。

それだけではなかった。円卓の反対側で、ちょっとした騒ぎがあった。先輩にあたるお二人が、ある名前が思い出せないということで悩んでいたのだ。すると五十鈴が滑るように動き、そのそばに立ってこう囁（ささや）いた。

「僭越（せんえつ）ながら、それは折竹孫七（おりたけまごしち）ではなかったかと存じます」

お二人の愁眉（しゅうび）が、ぱあっと開かれる。

「ああ、そうだったわ」

「そうね、どうして出てこなかったのかしら」

その様子を見ていた副会長が、わたしに向けてくすりと笑った。

「素敵ね、あの五十鈴さんという子。さしずめ、あなたのマーヴィン・バンターといったところかしら」

笑顔を返したけれど、わたしはそれは違うと思っていた。セイヤーズは読んでいたけれど、五十鈴はバンターよりも、もっと……。

その場では、わたしは何も言わなかった。時間はある。「バベルの会」の会員に五十鈴のことをわかってもらうのは、いまでなくてもいいと思ったのだ。

アパルトマンに戻ると、わたしは五十鈴に笑いかけた。

「今日は面目を施したわね。副会長もあなたのことを褒めていたわ。こうなったら、夏までにはぜひ、料理を覚えてもらわないとね」

使用人としては完璧に思えた五十鈴だったが、二人で暮らして初めてわかる欠点があった。料理ができないのだ。これはわたしには意外だった。なにしろ、御飯を炊くこともできない。五十鈴が炊くと、米は生米のままか、糊になった。そのことをいじめると五十鈴はいつも頬を染め、ぷいとそっぽを向くのだった。

「でも、慣れないんです」

「五十鈴、『始めちょろちょろ、中ぱっぱ。赤子泣いても蓋取るな』、よ」

学校で級友から聞いた七五調を、五十鈴に聞かせる。彼女は感心して聞いていたけれど、やがてくすくす笑い出した。

「使用人のわたしが教わるなんて、逆ですね」

それもそうだと思った。わたしは五十鈴から多くのことを教わった。お返しができないぐらいに。それなのに、わたしが五十鈴に初めて教えたのが、よりにもよって御飯の炊き方だなんて。わたしたちは声を出して、笑いあった。

笑いすぎて浮かんだ涙を拭い、五十鈴は言う。

「でも、はい、肝に銘じます」

「そう。じゃあ、言ってみて」

五十鈴は苦い顔になった。

「始め……」

「ちょろちょろ、よ。五十鈴、じゃあ、七歩詩は」

「『萁は釜下に在りて燃え、豆は釜中に在りて泣く。本是れ同根に生ぜしに。相煎ること何ぞ太だ急なる』」

「素敵よ。じゃあ、『始めちょろちょろ』、はい、どうぞ」

五十鈴は背を向けて、逃げ出してしまった。

「純香さま、意地悪です！」

その日以来、アパルトマンのキッチンから、歌声が聞こえてくるようになった。どこかで聴いた旋律だと思っていたら、どうやらそれは一高の寮歌の一つだった。その音楽に乗せて五十鈴が口ずさむのは、『始めちょろちょろ、中ぱっぱ』……。忘れないよう、歌にしたらしい。

五十鈴の声はよく澄んで、歌も上手だった。読書や学業の合間に、五十鈴がそれを歌い出すのを聞くと、そろそろ食事ねと思うようになった。もっともその歌の効き目は、あまりなかったようだ。五十鈴の料理はなかなか上達せず、わたしはときどき五十鈴を連れて街に出た。おいしいものを二人で食べるために。

ある日、洋食屋で、

「夏までには、もう少し形にしてね」

とお願いしたところ、五十鈴はクロケットをフォークに刺したまま、目を伏せた。

「……努力はします」

毎年の慣例として、「バベルの会」は夏に読書会を行う。各々(おのおの)が最上と思う本を持ちよって、蓼沼という避暑地で小説や詩に耽溺する数日を過ごすのだという。わたしは入会直後から、その読書会が楽しみでならなかった。

読書会には、世話をする人間を連れて行っても不思議ではない。

五十鈴を連れて行けるのだ。

しかし、破綻は、夏の遥か手前で訪れた。

五月の末の、朝から綺麗に晴れた日のことだった。五十鈴の淹れてくれたお茶を飲みながら、わたしは新聞に目を通していた。なんという気もなかったが、記事のひとつに、わたしの目は釘付けにされた。

「五十鈴、五十鈴！」

悲鳴を聞きつけて、五十鈴が飛んできた。

「どうしました、純香さま」

「見て、これ。高大寺で」

記事は、ひとつの殺人事件を報じていた。

場所は高大寺、松原。ある裕福な屋敷に押し込み強盗が入り、老夫婦を縛りあげ金品を奪い、折悪しく帰宅した孫二人を刺殺して逃げたという。単純粗暴な犯人は、程なく捕まった。蜂谷大六、五十歳。犯行を認めている。

五十鈴もさすがに、息を吞んだ。

「純香さま、蜂谷というと」

「ええ」

何かの間違いであって欲しかった。

小栗家に婿養子に入った父の旧姓は、蜂谷。わたしの記憶するところによれば、蜂谷大六とは父の兄の名前。つまりこの殺人者は、わたしの伯父ではなかったかと思うのだ。

伯父が人を殺した。わたしは、漠とした不安を覚えた。何が起こるのか見当もつかず、悪い夢の中を彷徨うような気分だった。こんなとき、いつもなら五十鈴が柱となってくれる。わたしをしっかりと支えてくれる。しかし今度ばかりは五十鈴も、黙ってかぶりを振るだけだった。

蜂谷大六の殺人は、わたしに速やかに影を落とした。その日の昼には、お祖母さまからの電報が届いたのだ。

『カエレ』

短くも断固とした命令。前後を失ったわたしは、ふらふらとそれに従った。

車と汽車を乗り継いで、ようようのことで高大寺に帰り着くころには、とっぷりと日が暮れていた。

駅には出迎えもなく、わたしと五十鈴は、流しの車を拾わなければならなかった。小栗家へと続く、長い長い上り坂。黒塀。鋲を打たれた門。門柱にかけられた提灯の、ゆらめく明かり。見慣れたはずの我が家が、このときはわたしをおののかせた。飛び石も老松も、新月の夜空も、すべてが不吉を思わせるようだった。

家に帰ったわたしは、奥座敷ではなく、なぜか客間に通された。初めてのことだった。わたしと五十鈴を先導した使用人はどこかよそよそしく、何かを恐れているよう。遠路を戻ったわたしは、茶の一杯も出されることなく、客間の上座を空けてひたすらお祖母さまを待った。

小半時も経っただろうか。ようやくのこと現われたお祖母さまは、わたしを一瞥して、ふんと鼻を鳴らした。

わたしは総毛立った。お祖母さまがわたしの行状に眉をひそめることは、よくあった。むしろ、この世の何もかもが気に入らないのではと思うほどに、お祖母さまはいつも不快そうな顔をしていた。

しかしわたしにははっきりとわかった。このとき、お祖母さまはわたしを、蔑んだのだ。いつもと違う。それがわかった。

席を占めると、お祖母さまは低い声を出した。

「純香」

「はい」

「わたしはお前に小栗家を継がせるつもりだった。良い婿さえあてがってやれば小栗家は安泰、再興もかなうと。そのために、お前の口車に乗って、大学まで入れてやった。しかしすべては無駄だった」

わたしは、何もしていない。お祖母さまのご機嫌を損ねるようなことは、何も。そう思いはしたが、口を挟むことは出来なかった。お祖母さまは顔をしかめ歯を剝き出しにし、その形相は鬼のようだ。もう克服したつもりだった恐れが、わたしの体を貫く。指先まで痺れる、あの恐れが。

じろりと目だけで、お祖母さまはわたしを睨む。

「あの穀潰しの親族が人を殺したことは知っていよう。要するに蜂谷の血は、人殺しの血ということだ。純香。お前はその血を継いでいる。そんな者は小栗家にいらぬ！」

螺鈿で飾られた机を、びしりと叩く。わたしは幼な子のように縮み上がる。

「きゃつは離縁させた」

「え……」

離縁という、馴染みのない言葉にわたしは戸惑った。しかし、その意味するところは明らかだ。

父は追い出されたのだ。昨日今日の事だというのに、こんなにも早く。

では、わたしは。

「お前もこの家には置いておけないところだが、口惜しいことに、お前には代わりがいない。しばらくは置いてやろう。ただし、小栗家の者として人の目につくことは決して許さん」

そしてお祖母さまは、「五十鈴」と呼びかける。五十鈴は客間の隅で、座布団もなく正座している。お祖母さまの前ではいつもそうするように、かしこまっている。

「純香付きの役目を解く。明日からは勝手向きの仕事をしてもらうから、そのつもりで」

伯父が人を殺したことより、父が追い出されたことより、この一言がわたしを打ちのめした。お祖母さまはわたしから、五十鈴を奪おうとしているのだ。わたしの五十鈴を！

わたしは恐怖を忘れた。いきなり吹き上がった怒りに、目が眩んだ。あとほんの少しで、わたしはお祖母さまに飛び掛るところだった。そうすればあんな細首、一息に折ってしまえたに違いない。

しかし、次の瞬間、わたしは全身の力を失った。五十鈴が、まるで薪(まき)を取って来いとでも言われたように平然と、こう言ったからだ。

「はい。かしこまりました、大奥さま」

お祖母さまの前だということも忘れて、わたしは恐る恐る、五十鈴を見た。だが五十鈴はじっと目を伏せていて、表情を窺(うかが)うことはできない。

「お祖母さま!」

すべてを忘れ、わたしはお祖母さまに叫ぶ。言いたいことはいくらもあった。伯父は人を殺したかもしれない。しかしそれは父がやったことではないし、わたしがしたことでもない。人殺しの血だなんて、どうしてそんなことを思いついたのか。

わたしは高大寺を離れて、素晴らしい先輩たちに囲まれて日々を過ごしていた。「バベルの会」の夏の読書会を、わたしは本当に楽しみにしていた。でも、それは構わない。外に出るなと言うなら、出ない。小栗家を出て行けというなら、出て行く。だから、だからわたしから、五十鈴だけは奪わないで!

お祖母さまは、悔やむように呟(つぶや)くだけだった。

「汚れた血を引くと知っていたら、お前になぞ期待しなかったものを」

ああ。そうか。

お祖母さまにとって、わたしは未熟ではあるが、ゆくゆくは完璧になる者だったのだ。しかしいま、その璧に瑕を見つけた。お祖母さまはそれで、わたしを投げ捨ててしまおうとなさっているのだ。

お祖母さまはもう、わたしを見ることもしない。五十鈴に向けて短く命じる。

「これを部屋へ」

「はい」

衣擦れの音。五十鈴がわたしの肩に、後ろから手を置いた。

「さ、お立ちください。どうぞお部屋へ。……お嬢さま」

わたしの心は淀んでいるのに、空の澄んだ晩だった。

中庭の池には星が映え、火の入らぬ春日灯籠の影が長く伸びていた。頼りない足元を見つめながら、わたしは二ヶ月ぶりの自分の部屋へと向かう。まるで五十鈴に曳かれるようにして。

ある部屋の前で、わたしは足を止める。ここは、わたしの十五の誕生日、五十鈴と二人で初めて話した部屋。

あの日からずっと、五十鈴はわたしのそばにいてくれた。

そうだ、いつだって、五十鈴はわたしの味方だったのだ。ぐらつくわたしの心が、すうっと落ち着いていく。お祖母さまが何か言ったぐらいで、わたしと五十鈴の絆は揺らいだりはしない。そう気づくと、自分が恥ずかしかった。お祖母さまの前で五十鈴が従順を装うのは、いつものことだったのに。

顔を上げて、先を行く五十鈴を呼び止める。

「ねえ、五十鈴。待って。この部屋、憶えてる？」

五十鈴は足を止め、半身になって振り返る。星明かりにほのかに浮かび上がる、その表情。

ときどき見せる、こちらがどきりとするような悪戯っぽい笑みでも、仕事だからやりますよと取り澄ました顔でもない。五十鈴の横顔に現れているものが何なのか、わたしにもわかる。

それは底なしの無関心。ひっ、と悲鳴がわたしの喉でくぐもった。

五十鈴は部屋を横目で見ると、

「はい」

とだけ言った。

まさかの思いに、声が震える。

「ねえ、五十鈴。困ったことになったわ。わたし、しばらく外には出してもらえそうもない。でもあなたは、来てくれるわよね」

五十鈴の声は、わたしのものとは裏腹に、落ち着き払っている。

「わたくしは明日からお勝手向きの手伝いをいたします。大奥さまのお言いつけがあれば、御用を伺いに参ります」

「どうしたの、五十鈴。お祖母さまは、ここにはいないわ。意地悪はやめて、こんな、怖いときに。いつもみたいに笑ってよ」

「それは、お言いつけですか？」

言葉が途切れると、耳が痛くなるほどに静かだった。この広い広い小栗家に、まるでわたしと五十鈴しかいないように。

五十鈴に笑ってと言ったのに、笑ったのはわたしだった。息が苦しいけれど、わたしはむりやり、五十鈴に笑いかけようとした。そうすれば、すべてが冗談になるとでもいうように。

「ねえ、どうしたの、いきなり。おかしいわ、五十鈴。おかしいわよ」

「そうでしょうか」

これまで半身だった五十鈴が、わたしに向き直る。すると二人の距離は思いがけず近くて、わたしは知らず、後ずさる。

「意地悪で申しているわけではありません。聞けば、先の旦那さまは放逐されたご様子。お言いつけもこれまでと思います」

「お父さまが？　お父さまが五十鈴に何か言ったの」

ついと首をめぐらせて、五十鈴は中庭を見る。それから、普段使わない部屋を閉め切る障子を。

「お忘れですか、お嬢さま。お嬢さまもいらしたではないですか。この部屋で、先の旦那さまがわたくしにお言いつけになったではないですか」

父と、わたしと、五十鈴とで。

ああ、それは最初の日のこと。わたしの十五の誕生日。思い出が甦る。そうだ、父は確かに、五十鈴に言った。

「お嬢さまの味方をせよ。……お嬢さまと仲良くせよ、と」

では五十鈴は、その言葉を守っていたのか。

その言葉を、守っていただけだったのか。

父がそう命じたから。仲良くしてくれと言ったから、五十鈴はわたしに微笑みかけ、話を聞いてくれ、本を勧めてくれたのか。

五十鈴は言う。

「先の旦那さまがいなくなり、大奥さまからお嬢さま付きのお役目を免ぜられたいま、これまでのようにはいたしかねます」

「五十鈴」

「わたくしは、小栗家のほかには行くところとてない身。言いつけを愚直に守り、ひたすらに役目を果たすことが、わたしの誉れ。いえ、そうしなければ、生きてはいかれないのです」

お祖母さまの寵を失い失脚したわたしには、優しくする価値もないと言うのだろうか。共倒れはごめんだと、五十鈴はそう思っているのだろうか。

そんな。そんなことって。

五十鈴、わたしの五十鈴。わたしの使用人。わたしの、たったひとりのともだち。喉に声が絡みつく。わたしは、必死で、言葉を搾り出す。五十鈴に伝えたくて。

「わたし、わたしは。あなたはわたしの、ジーヴスだと思っていたのに」

暗い夜のせいで見間違えたのだろうか。ほんの少しだけ、五十鈴の表情が動いた気がした。

「勘違いをなさっては困ります。わたくしはあくまで、小栗家のイズレイル・ガウです」

そう言うと踵を返し、五十鈴はもう二度と、振り返りはしなかった。

4

それからの日々を、どう表したものだろう。

地獄はつらいところだという。苦しいところだという。では、わたしがいたのは、地獄ではなかった。高大寺を見下ろす小栗家の家屋敷、その一角に部屋を占め、わたしはただひたすらにそこで時を過ごした。与えられるはずだった時は失われ、ほかの多くのものも失われた。わたしは日々、眠り、食べ、すすり泣いて暮らした。それを苦痛と呼ぶのは当たらないように思う。それは無為。いつ果てるとも知れない、無為だった。

わたしの部屋の近くには、湯殿と手水場が作られた。お祖母さまの配慮だとすぐにわかった。わたしのための配慮ではない。わたしが屋敷の中を動いて、他人の目に触れないようにとの配慮なのだ。毎日の食事は、中年の使用人が運んでくる。何か言い含められているのか、話しかけても碌な返事もしない。献立は粗末になった。一汁三菜が揃えば、贅沢な日。味の薄い吸い物と一膳飯、それに梅干だけという食事も少なくなかった。

毎日毎日が、信じられないほど早く過ぎていく。あの運命の日から三ヶ月ほど経った夏の日、母屋から宴の喧騒が聞こえてきた。盆には遅く、秋祭りには早い。それにその日は、わたしの食事にも紅白の蒲鉾が出た。無駄かもしれないと思いつつ、膳を下げにきた使用人に訊いた。

「今日は、何かあったの」

使用人は、累が及ぶのを恐れるようにそそくさとしていたが、一言教えてくれた。

「奥さまが再婚されました」

ああ、と思った。

身内から人殺しを出した父は家を追われた。そして代わりに、別の男が婿になったのだ。お祖母さまの差し金に違いなかった。お祖母さまは、「汚れた血を引く」わたしの代わりを求めている。母に新しい子を作らせるつもりなのだ。きっと新しい婿は、さぞ良い血統に連なっているのだろう。

　わたしは母を可哀想に思い、父をみじめだと思った。しかし誰よりも気の毒なのは、新しく小栗家に入った婿養子。あのお祖母さまがいる限り、顔も知らぬその男の立場は、いつ崩れるか知れたものではない。

　季節はさらに巡っていく。わたしの部屋には火鉢がある。よく、五十鈴とふたりで囲んだものだった。しかし、いまのわたしには、炭のひとかけらも与えられることはなかった。染みとおる冬の寒さを、布団をかぶることでじっと凌いだ。どこからか聞こえる龍笛の音色と、高大寺の街に揚がる凧を見て、いつの間にか暦が正月を迎えたことを知った。

　書架の本は読みつくされ、増えることはなく、減ることもない。わたしに食事を運ぶ使用人は何度か入れ替わり、中には、多少言葉を交わしてくれる者もいた。ある日、無理を押して頼み込み、反故紙の束を持ってきてもらった。何ヶ月ぶりだろう、わたしは喜びに顔をほころばせた。これに何かを書こうと思ったのだ。漢詩か、でなければ何か小説のようなものを書くつもりだった。

　かつてお祖母さまから贈られた墨や硯が、こうして役に立つとは思わなかった。わたしは墨を磨り、筆を執った。すりきれた心を研いで、わたしは紙に向かい合う。その夜、わたしは一晩中、文机に向かっていた。

翌朝。わたしは自分の書いたものを見て、声を殺して泣いた。一晩を費やしてわたしが書いたのは、こんな文字ばかりだった。

〝五十鈴

五十鈴

五十鈴

五十鈴〟

春を迎えても、五十鈴がわたしの部屋を訪れることは、一度としてなかった。最初は、恨むこともあった。次にわたしは、心配した。わたしがこのような仕打ちを受けていて、五十鈴は果たして、無事でいるだろうか。お祖母さまにいじめられてはいないだろうか。しかし最後には、その気持ちも失せた。どんな形でもいい。つれなくされてもいい。五十鈴に会いたかった。

使用人が食事を運んでくる。玉野五十鈴を知っているか。いまどうしているか、知っているか。答えを訊くのが怖くて、わたしはこれだけのことを、なかなか尋ねられずにいた。一杯の雑炊が朝餉のすべてだった、ある夏の日。ようやく勇を鼓して、訊くことができた。

そのときのわたしの食事番は、ずるそうな顔をした女だった。

「五十鈴。はあ、いたような、いなかったような」

「わたしと同い年の子よ。お勝手向きの手伝いをしているはずなの」

「そうはおっしゃってもねえ。お嬢さまと口をきいたのが知れたら、わたしも叱られますから」

わたしは机の中から、龍をかたどった文鎮を取り出した。女はわたしの手からそれをもぎ取ると、にやにやと笑った。

「知ってますよ。馬鹿の五十鈴のことでしょう。何を言われても『はい』『はい』ばかり。誰の言うことでも聞くのは便利ですけどね。そのくせなんにも知らなくて、『始めちょろちょろ、中ぱっぱ』なんてよく言ってましたけど、口ばっかり。芋の皮剥きから皿洗いまで、叱られずに出来ることは何一つないんですよ。いまじゃあ、お勝手のごみを集めて焼くばかりがあの子の仕事ですよ」

ふと、あの歌声が耳に甦った。一高の寮歌の替え歌。いまとなっては桃源郷のようにも思えるあのアパルトマンで、五十鈴がよく歌っていた。いまも五十鈴はそれを口ずさみながら、お勝手にただひとり、佇んでいるのか。

わたしに係わっていたから、お祖母さまの不興を買ったのだろうか。あれほどの才知を備えていながら、こんな女にまで見下されている。

女は、わたしからせしめた文鎮をしげしげと見て、もう一度口の端をつりあげる。

「もうひとつ、いいことを教えて差し上げましょうか。まんざら、お嬢さまにかかわりない話でもありませんよ」

五十鈴のほかは、わたしにはどうでもいいことだ。

しかし、種々の宝もまた、無用のものだった。わたしは蒔絵の櫛を与えた。女は上機嫌で、ぺらぺらとしゃべった。

「奥さまが、男の子をお産みになりました。大奥さまの喜びようといったらもう、馬鹿らしいぐらいでしたねえ。太白とかいったと思いますよ、名前は」

覚悟はしていた。いずれこの日が来るとわかっていた。再婚から一年足らずでとは、思ったよりも早かったけれど。

これでわたしは小栗家にとって、まったく無用の者となったのだ。

新しい跡継ぎが生まれたら、その日にでも父のように追放されると思っていた。しかし案に相違して、何を言われることもなかった。わたしはその理由を考えた。たぶんお祖母さまは、わたしのことを、すでに忘れているのではないか。

かつてお祖母さまが相手にしなかった父は、小栗家の中で軽んじられること甚だしかった。いちおうは小栗家の主と見られるだろう父でさえ、そうだったのだ。まして、既に後ろ楯を失ったわたしを気にかけるものなど、誰もいないだろう。

太白という男児が産まれたと聞いてから、わたしの扱いは目に見えて粗略になった。お茶が温かいまま出されることはなくなった。茶碗一杯の白米すら、あたらないことが増えた。「バベルの会」の会合、日の光に満ちたサンルームで談笑していたわたしが、よもや沢庵の尾で白粥をすることになろうとは。

しかしそれらは、ただ扱いが悪いというだけのこと。わたしをこの上さらに驚かせたのは、いつの間にか廊下に格子が作られていたことだ。幽閉の間、わたしは一度として、母屋に出向こうとはしなかった。庭に下りることとさえなかった。これ以上お祖母さまの勘気に触れてはどうなるかわからないと、恐れていたから。

けれどお祖母さまは、わたしが身を慎んでいるかどうかなど、考えもしなかったのだろう。しつらえられた格子は、わたしを離れに押し込めた。逃げようなどと思いもしなかったのに、わたしは逃げ道を塞がれたのだ。

いや。本当に逃げようと思えば、道はいくらでもある。廊下が塞がれたなら、庭に下り足を汚して逃げればいい。そんなことは、お祖母さまも百も承知だったろう。それでも格子を作らせたのは、わたしに何かをほのめかすためではないか。出す気はないぞと、伝えるためではないか。

だとすればお祖母さまは、わたしを忘れてしまったわけではないのだ……。

やがて庭からは、笑い声が聞こえてくるようになる。幸せそのもののような声。それは、赤子をあやす声だった。

「ほうら、太白ちゃん。ばあ、ばあ、ばあ」

「いい子だよ、太白ちゃんは本当に、いい子だよ」

「ほうら、ばあばだよ。ばあばだよ……」

お祖母さまが赤子を連れ、庭を歩いている。

にわかには信じられないことだった。母の間違いではないかと思った。しかしわたしは、一度ならず見た。草履を履いて、掻巻（かいまき）にくるんだ赤子を抱いたお祖母さまの姿。目尻（めじり）を下げ、だらしなく口を開けて、わたしの弟をあやすお祖母さまを。

そうしたとき、わたしは隠れた。障子を閉じ、隠れて、お祖母さまをやり過ごした。

眠れない日が増えた。

飼い殺し、という言葉が頭に渦巻いて、眠れなかった。

お祖母さまはわたしを飼い殺しにするおつもりだ。わたしはここを出られない。

五十鈴に会うこともできない。

わたしの弟、太白がいる限りは。お祖母さまが生きてある限りは。

しかし、わたしはどこまでも、お祖母さまのことを知らなかった。

木枯らし吹く晩秋、思いがけない相手が、わたしの部屋を訪れた。

夢にまで見たその姿。襖（ふすま）の向こうで三つ指をついているのは、誰あろう玉野五十鈴だったのだ。

いつもの食事番だと思っていたわたしは、虚を衝（つ）かれた。驚きに気が遠くなった。

五十鈴はこの一年あまりで、どことは言わず体のそこかしこに、疲れを染みつかせたようだ。もっともそれを言えば、わたしはもっと変わっていたはず。自分の指が骨かと思うばかり細くなり、頬もげっそりとこけていることを、わたしは知っていた。それが恥ずかしく、わたしは思わず、袖（そで）で顔を隠した。

「五十鈴……。どうして」

五十鈴は顔を上げなかった。自分は敷居を跨（また）ぐことなく、徳利（とっくり）と杯の載った膳を、わたしに寄越す。

「大奥さまからです」

もう一度会うことがかなったら、ああも言おう、こうも言おうと考えていた。なのに、こうして五十鈴を目の前にすると何も言えなかった。あまりに突然で、あまりに意外で、あまりに嬉しくて。

そんなわたしの逡巡の間に、五十鈴は顔を伏せたまま、訥々と口上を述べる。

「大奥さまは太白さまの先を案じられ、後顧の憂いを除くため、お嬢さまに毒酒を渡すよう、わたしに命じられました」

「毒」

五十鈴にかける言葉を、わたしは見失った。まさか毒とは。

ここに至り、わたしはようやくお祖母さまの真意を解する。わたしを追放せず、閉じ込めておいたわけを。太白という子にとって、小栗の家を奪いかねないわたしは、絶対の邪魔者なのだ。そのわたしを目の届かないところに逃がすわけにはいかなかったのだ。

太白のために、わたしに死ねと言っているのだ。

……それはわかった。良くわかった。いまさら小栗家に未練など無いとわたしがどれほど言い立てても、お祖母さまは聞く耳をもたないだろう。毒酒を賜るとは、古典かぶれのお祖母さまらしいやり方ではないか！

しかし、お祖母さまに人の心はないのか。

どうして五十鈴なのか。なんで、この役に五十鈴を任じたのか。

五十鈴と会えば最後の心残りも氷解し、心置きなく毒を仰ぐとでも思ったのか。

嫌といえない五十鈴に、わたしを殺す手伝いをさせるとは。

鬼め。

「どうぞ、ご賢察ください」

五十鈴は最後まで、顔を上げなかった。襖を閉めかける五十鈴を呼び止める術（すべ）は、わたしにはない。

怒りなのだろうか。悲しみなのだろうか。やつれはてたわたしの喉（のど）が、小さくうごめく。助けて、五十鈴。

それが言葉になったかどうかさえ、わからなかった。だからわたしが聞いた声は、たぶん、わたしの弱い心が聞かせた幻。襖の向こうに、わたしは五十鈴の声を強く望んでいた。

「はい」

とだけ、言ってほしかった。

わたしは毒酒を飲まなかった。徳利も杯も庭に放り投げた。翌朝には、どちらも綺麗になくなっていた。誰かが片づけたのだろう。

その見返りは、食事に現われた。もうこれよりひどくはなるまいと思っていたのに、食事の量そのものが、大きく減らされた。

一日に一度、仏前に盛るほどの飯が与えられるだけになった。一瓶の塩が添えられたことが、たった一度だけあった。

殺すなら殺せ、と思った。干殺しにするつもりならば、一粒の米も、一滴の水も与えねば良い。お情け程度の食べ物で、しかしわたしは命を繋いだ。

冬の寒さが体に染みた。食べ物が減ったのはつらかった。よりむごいのは、湯殿だった。湯が用意されないことはなかったが、それはぬるま湯で、浸かれば浸かるほど体が冷えるようなものだった。

わたしは歯を食いしばった。体を壊してしまえば、そのまま死ぬと思った。

わたしは死ななかった。幽鬼のように痩せ細りながら、年を越し、冬を越した。

ここまで生き延びたわたしは、強かったのだろうか。

違う、と、わたしにはわかっていた。

わたしは弱かったのだ。

抗う機会はいくらでもあったのに。

この離れから、逃げることができた。

電報を受け取っても、高大寺に帰らないこともできた。

お祖母さまと争って、小栗家の主の座を奪うことだって、できたのだ。

わたしは五十鈴のおかげで勇気を得て、一度はお祖母さまを説き伏せて、高大寺を出た。それなのに、結局、その勇気を持ち続けることはできなかった。何もしないのが正しいのだ、従うのがいちばん良いのだと、わたしは自分の前に百の理由を並べ立てた。そうしてわたしは生きることも、死ぬこともできず、ただ弱っていくだけ。

それを強いと呼ぶことは、決してできない。

春が来た。障子はもう開けられることはなかったけれど、鶯の声で春を知った。

庭から、お祖母さまの声が聞こえる。楽しげに。

「太白ちゃん、どこかしら。出ておいで」

「こっちかしら。こっちに隠れたの」

「ほらほら、ばあばが見いつけた。悪い子ねえ、こんなところに隠れて」

わたしはここだ。わたしは、悪いことはしていない。

梅雨の季節。途絶えることのない雨音は、わたしに残された命を穿っていくよう。小瓶の塩が、湿り気で固まる。もう、あまり残っていない。

いつの間にか、床に臥せっていることが多くなった。頭の中に霞がかかったようで、何もできる気がしない。ただ、わたしはときどき、かすれた声で歌った。それは楽しい旋律で、ひび割れたわたしの心にはつらく響いたけれど、それでも歌った。

わたしが教えた言葉を五十鈴が歌ってくれた、あの旋律を。あたかもそれが何かの呪い歌で、絆で、歌えばあの夢のような毎日が戻ってくるとでもいうように。

かすかな歌声は、しかし雨音に掻き消される。

そして、夏。

焦熱の中で、わたしの、最後の火が消えていく。腕も上がらず、瞼も重い。首を捻ることさえできない。

乾いたくちびるが動く。

最期に及んでも、わたしが呼ぶ名前はひとつだけ。わたしの生の中で、たったひとり、心を分かち合った名前。

「五十鈴……」

そのくちびるが、ひんやりと冷える。水気が口の中に染みとおってくる。

末期の水、という言葉を思い浮かべたわたしの耳に、言葉が届く。

「ここにおります、純香さま。玉野五十鈴は、ここにおります」

また、幻。でも、良い幻。

わたしは微笑み、気を失った。

5

わたしは三日三晩、幽明の境をさまよったらしい。

医者が呼ばれ、手が尽くされた。わたしの衰弱は甚だしく、一度は心臓も止まったと聞いた。

目を開けたとき、最初に見えたのは母の顔だった。わたしは、ここはあの世だろうかと思ったりはしなかった。ただこれは本当のことではないだろうとは思った。母がわたしにすがりつき、

「ああ、よかった！　ごめんね、ごめんね純香。よかった、神さま！」

と、泣きに泣いたからだ。母はお祖母さまに魂を抜かれ、喜怒哀楽を失った。大声を出すこともなければ、わたしを抱きしめることもなかった。だからこれは、本当のことではないのだと。

もうひとつある。母の傍らに父がいて、何度も頷いていた。父は追い出されたはずだ。だからこれは、本当のことではない……。

体を起こし、粥が喉を通るようになったのは、さらに三日後のことだった。二年の間に粥は食べ飽きたと思っていたが、このときの白粥は、しみじみおいしかった。

わたしの体を気遣いながら、母が話をしてくれた。

「お祖母さまが亡くなったのよ」

そうだろうと思っていた。でなければ、わたしが救われることなど、なかったろうから。

あれほど気丈だったのに、不意に昏倒し、そのまま帰らぬ人となったという。葬儀は既に済み、遺体は荼毘に附された。

たぶんいまごろは地獄だろう。

「お祖母さまが倒れてしまうなんて、何かあったのですか」

そう尋ねると、母は言葉を濁した。

「もう少し元気になったら、話してあげるわ」

「すみません、お母さま。知りたいのです」

母はなおもためらっていたが、小さな溜息をつくと、目尻を拭った。

「太白がね。かわいそうに、あの子が、死んでしまったの」

「え」

太白はわたしの弟であり、母の子だ。たしかに、太白のためにわたしは命を危うくした。だけど、顔も知らないけれど、弟だ。

死んでしまったのか。

「事故だったのよ。仕方がなかったの。でもそれで、お祖母さまは叫び散らした挙句に気を失って……。そのまま亡くなってしまったわ。

ごめんなさい、純香。お祖母さまに逆らえなくて、あなたを死なせてしまうところだった。弱い母を許してちょうだい……」

さめざめと泣く母を、わたしはぼんやりと見ていた。母はたしかに弱かった。そのためにわたしが死にかけたことも確か。しかしわたしは、母を詰ることはできなかった。わたし自身の弱さもまたわたしを殺しかけたのだと、知っていたから。

もう一つ、尋ねる。

「新しいお父さまは、どうしたのですか」

するとと母は、顔を歪めた。思い出すだけでおぞけが走るのか、自分の体を抱きしめる。聞いたこともない憎々しげな声で、こう吐き捨てた。

「あんな男、お祖母さまが亡くなった次の日に、無一文で放り出したわ！」

それで、父がここにいる理由もほぼわかった。

その晩。病床のわたしに薬湯を持ってきてくれたのは、父だった。

「具合はどうかな」

「ずいぶん良くなりました、お父さま」

綿布団の中で半身を起こし、そう答えるわたしの声は、しわがれている。父は痛ましそうに眉をひそめた。枕の傍らに正座して、わたしに向けて頭を下げた。

「すまなかった。ぼくは、お前がこんな目に遭っていることを知らなかった。これまで通りに暮らしていると思っていたんだ」

わたしはつい、

「ご存じだったら……。助けてくれましたか」

と呟いてしまう。その声は小さかったので、父はよく聞こえなかったらしい。

「なんだい」

「いえ、なんでもありません。お父さまも、ご苦労なさったのではと思いまして」

父はそれを、額面通りに受け取った。

「ぼくの苦労なんか、取るに足らない。本当にたいへんだったのはお前と香子だ。お前が気がついたのを見て安心したのか、香子も寝込んでしまったよ」

「お母さまが。悪いのですか」

「医者は、恐ろしく神経が疲れていると言っていた。いまは、二つ隣で休んでいるよ」

さもありなん、と思う。

わたしは祖母と弟を失った。あまり悲しくはない。しかし母は、親と子を失ったのだ。もともと母は、これほどの衝撃に耐えられるひとではない。しばらくは、起き上がることもできないだろう。

ならばその分、わたしが早く恢復しなければならない。

わたしの沈黙をどう受け取ったのだろうか。どこか執り成すように、父が言った。

「だけど、香子は言っていたよ。太白があんなことになってしまったことは、本当に悲しい。けれどお前が生きて戻ってきて、こんなに嬉しいことはないと。太白の命は短かったけれど、きっと、お前を助けるために天が遣わしてくれたんだと、そう言っていた」

それを聞いてどう思えばいいのか、わからなかった。わたしの命は、太白の命で贖われたものではない。むしろわたしは、太白のために殺されかけたのだ。物心さえつかないうちに死んだ弟を、可哀想とは思う。しかし母のように考えることはできない。

母もたぶん、そんな道理が通ると思って言ったわけではないだろう。そう考えることで母の苦しみがやわらぐのだとすれば、わたしは何も言わない。

「……お祖母さまのことは、何か言ってらしたかしら」

そう問うと、父はかぶりを振った。

「いや。何も」

それはかえって、少し意外だった。

薬湯はとても熱くて、口をつける気にはならない。こんなに熱く、誰が淹れたんだろうと思う。白濁した薬を、ただじっと見つめている。

「純香。何か欲しいものがあったら、言いなさい」

父がそんなことを言ってくれた。

わたしが望むものは、もちろんただひとつ。

「五十鈴を、ここに……」

けれどわたしは、言葉を途中で呑(の)み込んだ。

わかっているのだ。

たとえ五十鈴を呼んだとしても、わたしが本当に望むものは、もう手に入らない。わたしたちを襲った運命は数奇に過ぎたし、過ぎた歳月の間に二人とも、年をとってしまった。あのアパルトマンでの日々も、食事の仕度をする五十鈴の歌声も、「バベルの会」の読書会に二人で行く夢も……。何も、戻ってはこないのだと。

会わない方が、いいのかもしれない。幽閉されてから初めて、わたしはそんなことを思った。

しかし父は、わたしの願いを聞いていた。

「玉野君は、もういないよ」

「……え」

思わず、手の中の湯呑みを取り落としそうになる。

「玉野君だけでなく、いま小栗家に、使用人は一人もいない」

わたしは、自分の喉(のど)が弱っていることも忘れ、叫んでいた。

「どういうことですか」

突然の昂奮に父は驚き、わたしを宥めるように手を振る。

「落ち着きなさい。薬がこぼれてしまう。ぼくも家にいたわけじゃないから、詳しいことは知らないんだよ」

父は考える間を取り、やがて話し始める。

「もう少し恢復してから話すつもりだったが。お前も、前後の事情は知っておいた方がいいだろう。事の起こりは、太白の誕生日だった。小栗家長男の、一歳の誕生日。ここぞとばかり、たくさんの人が贈り物を持ってきた」

その景色には、わたしも見覚えがある。お祖母さまに諂うために、趣向を凝らした贈り物を用意する人々。しかし、

「お前も知っての通り、小栗家にはたいていのものは揃っている。この日も、最上のいくつかを除いて、残りは捨てられた。ところが太白は、その捨てられる贈り物に執心だったらしい。

香子の子でありながら、ぼくは太白のことは何も知らない。お前と同じだ。だけど自分の足で歩けるようになって以来、屋敷のあちこちに隠れ潜むようになったとは聞いた」

今年の春、庭から聞こえてきたお祖母さまの声を思い出す。出ておいで。悪い子ね、

こんなところに隠れて。

「太白は、贈り物を探してか、それとも隠れんぼのつもりだったのか、庭に出て狭いところに入り込んだ。……ただ、そこは焼却炉だった。祝宴の後始末で、使用人たちは忙しく働いていた。何人もが屋敷と焼却炉を往復していて、誰かが蓋を閉じ……。誰かが、火をつけてしまった。太白は骨になって見つかったらしい」

わたしは瞑目する。

太白が死ぬかわたしが死ぬか。それはわかっていた。しかしこうして、生きながら焼かれたその無惨な最期を聞けば、やはり哀れでならない。小栗家などに生まれなければわたしたちは、仲のよい姉弟になれたかもしれないのに。

「……むごいこと」

「本当に、不幸なことだ」

父は大きく頷いた。

「だけどお義母さんは、ただの不幸な事故とは考えなかった。使用人たちの不注意を責め、お義父さんの軍刀を持ち出して、使用人たちに斬りかかった。香子が逃がさなかったら、死人が出ていたかもしれない。

騒動が収まると、いつの間にか、お義母さんが泡を吹いて倒れていた。そのまま亡くなってしまったそうだよ」

では、あれは。喪心するわたしのくちびるに水を含ませ、ここにいると励ましてくれたあの声は。五十鈴は。

やはり、幻だったのか。わたしの儚い望みが見せた、幻覚だったのだろうか。それにしては、あの喜びは生々しかった。いまでも胸の中があたたかい。

「お義母さんのなさりようは、やはり少し、常軌を逸していたと思う。急なご最期だったけれど、炉の中で赤子が寝ているだなんて、誰が思うだろう。悲しみはわかるけれど、もしかしたらどこか、ご病気だったのかもしれないな」

そんな風に父は言う。

しかしわたしは、別のことを考えていた。

結局お祖母さまは、なぜそんなに急に亡くなったのだろう。急な病気という扱いで、葬儀はもう済んでいる。ご遺体は荼毘に附されてしまったのだから、死の原因はもう永遠にわからない。ただ、いつかわたしが庭に投げ捨てた毒酒は、誰が拾ったのだろう、と思うだけ。

太白は贈り物を求めて、あるいは隠れんぼで、焼却炉に入ってしまったのだというけれど。もしその焼却炉にお勝手のごみが捨てられていたら、それはこの暑気で少なからず腐っていただろう。悪臭もこもっていただろうに、いくら物心のつかない赤ん坊でも、そんなところに入り込むだろうか。つまり、太白が焼却炉に入ったときは、まだお勝手のごみは捨てられていなかったのではないか。

そしてもう一つ。火がついたとき、太白は父が言うように、眠っていたのだろうか。もしかしたら、開かない蓋の内側で、赤子は泣いていたのではなかろうか。

「それから使用人は、一人も戻ってこない。そういうわけで、玉野君もいないんだ」

その声で、わたしは我に返る。父は優しく言ってくれた。

「お前は玉野君を気に入っているみたいだね。お前が望むのなら、あの娘を探してもいい」

「……そうね」

「玉野君は、よく言うことを聞いたかね」

夏の夜は、どこかざわめきに満ちている。わたしは微笑む。

「ええ、お父さま。とてもよく。五十鈴は、何でも言うことを聞いてくれました」

暗がりの中、いくつかの姿が見える。取り澄ました五十鈴。笑う五十鈴。こんな暑い晩に、五十鈴はきっとポーを読んでいる。

「呼び戻してください。是非。あの子がわたしの望みを叶えてくれないことは、一度たりともありませんでした」

彼女自身が言っていた。

それが玉野五十鈴の、誉れだったのだ。

細い月が障子を照らしている。暗がりの中、光るように白い布団に半身を起こし、わたしは薬湯を吹く。

薬湯はもう、すっかりぬるんでいる。それでも吹く息がいつしか拍子をつくり、旋律に変わる。強張った頬でぎこちなく。

わたしは微笑んでいる。耳には歌声が甦る。

――始めちょろちょろ、中ぱっぱ。赤子泣いても蓋取るな――

儚（はかな）い羊たちの晩餐（ばんさん）

1

サンルームは荒れ果てている。

手入れを失った花々の調和は乱れ、あるいは枯れ、あるいは野放図に蔓を伸ばし、かつては丹念に摘み取られた雑草が我が物顔にのさばっている。常に談笑の輪の中にあり、かぐわしい紅茶や焼き菓子を載せていた円卓も、いまや塵埃に薄汚れている。

その円卓に一冊の本が置かれている。

装幀は革で、表紙に文字はない。分厚い小口は薄茶色に変色している。いかにも堅牢そうな鍵が取り付けられているが、いずれ手に取る者を誘うように、鍵は開いたままだった。

ある晴れた春の午後。不安を顔に滲ませた女学生が一人、迷い込んでくる。荒んだ雰囲気に怯えてはいるが、好奇心は生来のものらしく、一歩一歩ゆっくりとサンルームに踏み込んでくる。

ガラスは汚れに曇り、床にも足跡が残らんばかりに埃が積もっている。左右を窺ってなおも踏み込む彼女が、ふと円卓の上の本に気づく。わずかに表情を輝かせ、歩み寄って手に取る。ずっしりとした重さが手に伝わる。本の汚れにわずかに指がためらうが、やがて紙を傷めないようおもむろに、頁をめくる。

活字ではなく、ペンで丁寧に書かれた文字が現れる。それは本ではなく、一冊の日記だ。最初の頁に、走り書きが残っている。「バベルの会はこうして消滅した」。

物語は、次の頁から始まっている。

五月一日

わたしはもう、バベルの会の会員ではない。

パパが手に入れたものに比べれば、目腐れ金といってもいいお金。それが届かなかったばかりに、除名されてしまった。

パパが助けてくれないとわかっていれば、金策の手立てはいくらでもあったのに。会長はたった一日すら待ってくれなかった。会の伝統の中でただ一人、たったあれっぽちの会費を払えずに除名された子。それがわたし、大寺鞠絵だ。

手がふるえるばかりで、涙も出ない。

なんて恥辱だろう。

五月二日

パパは上機嫌だった。あまりに上機嫌で、わたしが怒っていることにも気づいていない。訊いてもいないのに、勝手に喋りだした。

「やっぱり一流の人間は、食うものも一流でないといかん。ずっとそう思っていたんだが、口入れ屋が最高の料理人を探してくれたよ。技量はもちろん教養もあって、容色も申し分なしという掘り出し物だ。年も二十歳そこそこ。鞠絵、お前、厨娘というのを知っているか」

聞いたこともない言葉だった。素直に知らないと応えると、パパは満足そうだった。

「なんだ、小難しい本ばかり読んでいるくせに、こんなことも知らないのか。情けないやつめ。滅多にいない特別な料理人でな、最高級のやつだ。まさに我が家にふさわしい。口入れ屋のやつ、生意気に『大寺さんに使いこなせるかどうか』なんて抜かしおったから、横面ひっぱたいてくれたわ」

たしかに、うちで料理をお願いしている馬渕さんは、本職の料理人ではない。おじいちゃんの代からいてもらっていて、元は温泉旅館で下働きをしていた人だ。手の込

んだ料理は作らないけど、毎日の食事でちゃんとパパやママの体のことを考えてくれている。馬渕さんはどうなるのか訊いたら、

「クビだ、クビ。もちろんだ。料理人が来るまでは、まあ、使ってやるがな」

と、いっそう嬉(うれ)しそうに言った。最近のパパは、人から仕事を取り上げるときが一番楽しそうだ。

落ち着いて話す機会はなかった。明日は、何とか。

五月四日

パパは会費のことを忘れていたわけでなく、やっぱり、わざと送ってくれなかったらしい。問い詰めるとむっつりとして、吐き捨てるように言われた。

「娘が大学出となれば、なんといってもモダンでステイタスにもなる。だから文句は言わなかった。だがお前の、その、なんだ。道楽にまで金は出さんぞ。金持ちは金の使い方をわきまえるもんだ」

ああ、本当に、わたしのパパはなんて近視眼なんだろう。わたしがただ本が好きという理由だけで、バベルの会に入っていると思っていたのだろうか。折に触れて、話はしていたはずなのに。

力が抜けるような虚しさを覚えながら、改めて説明した。バベルの会には錚々たる名士の子女が名を連ねていることを。会員の名前を並べ立てるたび、パパの表情はどんどんこわばっていく。とどめとばかりに、

「もう少しで、六綱の娘に招待を受けるところだったのに」

と恨み言を言ったら、案の定パパは身を乗り出してきた。

「六綱というのは、あの製薬の六綱か」

「そうよパパ。でもそれより、丹山家の方が興味があるんじゃ」

「丹山まで」

そう悲鳴みたいな声を上げると、パパは怒り出した。

「どうしてお前は、そういうことを先に言わんのだ。それを聞いていたら会費どころか、その十倍だって払ったものを」

そうして、部屋の中をぐるぐる歩きまわり始める。手の届かないところに獲物をぶら下げられた獣みたいに。

「まだ間に合わない訳じゃないんだろう。その会長とかいう小娘に、違約金として五倍、いや三倍ほど払えば、除名なんか撤回してもらえるだろう」

わたしはかぶりを振った。

「バベルの会は、お金を使うところじゃないの。いったん決まったことが、札束で何とかなるとは思えないけど」

「お前はそういうところが、まだまだ世間知らずだというんだ」

自信満々に、パパはそう決めつけた。

「積んでみなさい。現金を目の前に積めば、どんな人間でもぐらぐら揺れる。金に困らないやつほど、金には汚いものだ。早い方がいい。お前、明日にでも行きなさい」

金庫から現金を、束で渡してくれた。

「いいか、これは投資なんだぞ。ちゃんと見合った成果を残してくれんと、パパも困るんだ」

投資だということは、パパよりもわたしの方がずっとよくわかっていた。だから早めにお願いしておいたのに。わたしには見せたこともなかった大金も、今更だ。

くどいぐらい、「少しずつ出すんだ。余ったら返すんだぞ」と、念を押された。

五月七日

会長には相手にされなかった。

やっぱり、というところ。パパに札束を返すのは惜しかった。

五月十日

新しい料理人が来た。

朝のうちに書簡が届いた。一目見てパパが変な顔をしたので、横から見せてもらった。清潔な感じのする白い便箋（びんせん）に、端正で控えめな楷書（かいしょ）の字が並んでいる。わたしよりもずっと綺麗（きれい）な字だった。

新たにお仕えできることを喜ばしく思っています。町境まで来ておりますが、つきましてはご家中の皆様に対し体面を失わないよう、迎えを遣わしてくださいますようお願いいたします——。だいたいこんな内容が、礼儀正しく婉曲（えんきょく）に書かれていた。

家で使っている人はそれなりにいるけれど、雇うときにこちらから迎えに行ったことなんか、一度もない。ちょっとびっくりした。そして心配になった。パパは目下の人に指示されたり逆らわれたりするのが大嫌いで、すぐに頭に血が上るから。せっかくの料理人を追い返したりしないかと思って見ていたけれど、パパは、大笑いした。

「さすが一流はひと味もふた味も違う。たしかに、他の連中と同じ扱いではまずいな。なにしろ、最高級だからな」

そして、黒井さんに車を出すように言った。新しい料理人はたぶん、ハイヤーをよこしてくれと言ったのだと思う。家の車で迎えるのはやり過ぎのような気がしたけれど、パパが満足そうなので黙っておいた。

黒井さんは一時間ちょっとで戻って来た。車は裏門じゃなく、正門に乗り付けた。新しい料理人は鮮やかな赤い上着に翠のスカート姿で、ちょっとツンとした感じはあるけど、美人だった。堂々としているけれど嫌みがなくて、自信が自然に滲み出ているよう。わたしの思う料理人像とはかけはなれていた。

見習いか小間使いか、女の子を一人連れていた。龍が彫られた金の箱を、いかにも重そうに両手で提げている。黒井さんが持ってあげようと声をかけると、ふるふる首を横に振るのが可愛らしかった。

料理人は、パパとママの前で跪いた。

「今日からご当家にお仕えいたします、厨娘の夏と申します。何卒、宜しくお願いいたします」

涼しい声で過不足のない挨拶をすると、長く居座らずにすぐに下がっていった。厨娘というのはふつうの料理人とどう違うのか訊きたかったけれど、あまりに自然に振る舞うのでつい聞きそびれた。まあ、お仕事をしてもらえばすぐにわかることだけれど。

パパとママの話を聞いたら、どうやら、住み込みで働いてくれるらしい。夏さん。同じ家で暮らすのかと思うと、すこし、嬉しい。

五月十一日

どうやら厨娘という仕事は、宴の料理を作るのが専門らしい。朝食に目玉焼きを作るよう言ったら断られたとかで、ママがぷりぷりしていた。パパは、そんなこととは知らなかっただろうけど、知ったかぶって「そういう料理人だからこそ価値があるんだ」と言っていた。意味はよくわからない。とにかく馬渕さんがクビにならなかったのは良かった。

夏さんが連れていた女の子と、廊下で行き合った。目が合うと壁際によって頭を下げ、身じろぎもしない。わたしが行き過ぎるのを待っていたようだけど、話しかけてみた。女の子は、小声だけど、こどもらしい高い声で「はい」と返事をした。

「あなた、昨日から来てくれた料理人の見習いでしょう」

「はい。文ともうします」

敬語もどことなくぎこちない。

「そう。文ちゃんね、よろしく」

そこでふと昨日の重そうな箱のことを思い出したので、中に何が入っていたのか聞いてみた。文ちゃんはかしこまって顔も上げないまま、

「料理の道具です。包丁とか俎板とか、杓子とか、いろいろです」

と答えた。

道具にもこだわりがあるんだなあと感心したけれど、あとでちょっと不思議だった。俎板にも、良い俎板と悪い俎板があるのかな。

五月十三日

なんだか熱っぽいので、部屋でアイリッシュの短篇を読んでいた。食欲はなかったけれど、『爪』を読んで、兎のシチューなら食べられそうな気がしてきた。でも馬渕さんは、兎なんて料理したことはないだろう。夏さんが作ってくれればいいんだけど。文ちゃんは作れないかな。


（追記）

結局、馬渕さんにふつうの玉子粥を作ってもらった。これが一番。休んでいたら、夜には良くなった。

五月十四日

夏さんの腕前を見るために、パパが叔父さんたちを集めて宴会を開いた。パパよりもむしろママの方が、早く料理を作らせたかったらしい。夏さんが本当にいい料理人なのか、疑っているのだ。わたしは馬渕さんの野菜煮込みも嫌いじゃないけれど、たしかに、夏さんの料理も早く食べてみたかった。

パパは朝、夏さんに晩餐(ばんさん)の仕度を命じた。夏さんはうやうやしく「かしこまりました」と言った後、淀(よど)みなく続けた。

「急な宴ですので、山海の珍味を整えることは難しいかと存じます。主菜には羊頭肉の薄切りはいかがでしょうか」

パパは眉(まゆ)をひそめた。

「羊頭というのは羊の頭か。そんなものが旨(うま)いのか」

「佳品でございます」

「よし。羊には臭みがあるからな、くれぐれも気をつけるように」

夏さんは頭を下げた。

「ご満足頂けるよう意を尽くします」

ああ、釈迦に説法。パパはいい助言をしたつもりらしく得意げだったけれど、あれでは夏さんがあんまり気の毒だ。

学校から帰るとき、家へと続くゆるい坂道で、文ちゃんが大きなリヤカーを牽いているのを見つけた。

木箱をどっさり積んでいて、肩で息をしながら坂を登っていた。まっすぐ牽いているつもりなのだろうけど、リヤカーは少しずつ左に曲がっていく。あれは荷物の積み方が悪い。

それにしても多いなあと思った。食材が入っているのだろうけど、何だか、屋敷中の使用人にたらふく振る舞ってもまだ余りそうだ。毎日宴会を開いても、半月ぐらいは保ちそう。

家ではパパと夏さんが話をしていた。

夏さんは、客の目の前で料理をしたいらしい。

「手並みをご披露申し上げるのも、役目のうちと心得ております」

パパは、そんなものかと思って聞いていたようだ。だけど夏さんが、

「前にお仕えしていた家では、お喜び頂いておりました」

と言うと、パパは覿面にいやな顔をした。

「前の主人は前の主人だ。いまの主人が誰だか忘れるな。料理は厨房でやれ。出来上がったものを運べばいい」

夏さんは眉ひとつ動かさず、また「かしこまりました」と引き下がった。わたしにはわかる。パパは、自分と「他の金持ち」を比べられるのが嫌いなのだ。

そうして用意された晩餐は、ちょっと凄かった。

羊肉の柔らかく味わい深かったこと。わたしも実は、羊肉にはあんまりいい印象を持っていなかった。だけど薄く切られた肉はほんのり桃色がかっていて見た目にも美しく、大蒜を使ったソースもたまらなかった。皿は前からうちにあったもののはずだけど、盛りつけひとつで見違えるぐらいに映えた。皿に花が咲いていた。

それに、パパや叔父さんたちは大して気にも留めなかったようだけど、長葱の酢漬けの柔らかさときたら、この上なく品が良かった。馬渕さんには悪いけれど、たしかに夏さんの料理は素晴らしい。

惜しいのは、晩餐の相手が叔父さんたちだったということ。パパは羊が美味しかったのを「俺が注意してやったんだぞ」などと手柄顔で繰り返すし、叔父さんたちは腹が膨れればいいとばかりにがっついていて、ひどくみっともないし、もったいない。これがたとえば。

たとえばバベルの会の皆を招いたのだったら、もっとすてきだっただろうに。

五月十五日

楽しい宴の後始末。

朝、費用の内訳にママが目を剝いた。

「なんなのこれは、どうしてこんなに」

見せてもらって、わたしも驚いた。『羊頭十二個』。羊をまじまじと間近で見たことはないけれど、あれはそんなに小さなものではない。一抱えはあるだろう。たぶん一個で六人分を充分まかなえただろうに、十二個だなんて。感心した長葱はと見てみると、『長葱十瓩』。葱一本は何瓦だろう。それが十瓩。食卓にのぼった酢漬けは、箸で二、三度つまめばなくなるぐらいだったのに。他の食材も全て、かくのごとし。

あきれるわたし、赤くなったり青くなったりしているママ。

「こんな馬鹿馬鹿しいお金、払えるもんですか」

珍しいことに、パパが宥め役になった。

「まあまあ、最初から吝嗇なことを言うもんじゃない。材料を選びに選べばそうなるんだろう」

「そんな量じゃありません。あの女、どうせ水増しして、上前をはねようって魂胆に決まってるわ」

「肉屋も八百屋も抱き込んでか。馬鹿なことを言うもんじゃない。だいたい、金持ちはこういうときにこそ気持ちよく払うもんだ」

そんな話を聞きながら、わたしは昨日見かけた文ちゃんを思い出していた。あのリヤカーの木箱、もしかしたら全部、昨日の宴会で使い切ってしまったのだろうか。まさか。いくら叔父さんたちががっついていても、そんなには食べなかった。

夜には、夏さんが来た。

最初の日に見た、赤い上着と翠のスカート姿で跪いて、うやうやしく言う。

「昨日の料理は御意に叶(かな)ったようで、幸いでございました。つきましては、しきたりどおり、お心付けを賜りたく存じます」

パパは混乱した。

「月ごとの給料を払うはずだが」

「はい」

夏さんはあくまで、平然としていた。

「ありがたく頂戴(ちょうだい)いたしますが、それとは別にお心付けを頂くのが決まりとなっております」

しきたりとか決まりとか言われると、パパは言い返せない。ついこの間まで人を使ったことなんかないのだから、「普通」がわからないのだ。それでも使用人に用を命じたら別料金というのは、すぐには頷けなかったらしい。もごもごと口を濁していると、夏さんは腰に提げた袋から書き付けを取り出した。

「先例はこのようになっております」

わたしはその書き付けを見ていない。ただパパの開いた口がふさがらなかったので、それなりの額だったのだろう。その場にママがいないのが幸いだった。いたら、一悶着あったはずだ。

パパは天を仰いで、地に俯いて、溜息をついて、咳払いして、それからにっかり笑った。

「なるほど。よくわかった。部屋に取りに来なさい」

笑いをこらえるのがたいへんだった。パパの強がりは、見ていて痛快だ。

五月二十日

一日中ひどい雨。気が塞ぐ。部屋でダールの短篇集を読んで気を紛らわせる。中でも『豚』を気に入る。こういう物語はわたしも嫌いじゃないけれど、六綱が特に好きそうだ。話をするいいきっかけになっただろうに。去年の読書会で、六綱とはダンセイニの『二壜のソース』の話をした。

バベルの会の読書会。蓼沼の、いい風の吹く涼しい別荘に、今年もみんな行くのだろう。

どうしてわたしは行けないのだろう。

本当に、会費の問題だったのだろうか。

五月二十七日

なくしたと思ったロケットが、鏡台の下に落ちているのを見つけた。おじいちゃんのアメリカみやげ。もらったときはあんまり気に入っていなかったけど、こうして見つかると自分でも意外なぐらい嬉しい。

この家屋敷も大寺家の財産も、全部おじいちゃんが一代で築いた。名うての相場師で、大寺が目をつけたというだけでその会社の株が上がるほどだったらしい。それなのに、本人は贅沢のひとつも楽しむことなく、あっさり死んでしまった。

「大寺の先代は儲けもしたが、それ以上に世の中の金のまわりを良くした。大寺の投資で栄えた会社がいくつあることか」と、人に聞いた。それに比べると当代、つまりパパがやっていることは良く言っても投機家で、悪く言えば吸血鬼だそうだ。太らせて吸い上げて、それでおしまい。手際が悪いから、相手を吸い尽くした上に自分まで痩せていたりする、間抜けな吸血鬼。むしろ食屍鬼かな。

わたしはおじいちゃんが大好きだった。おじいちゃんが生きている間は幼なすぎて、その仕事のことは何もわからなかったけれど。パパは「せめて『おじいさま』と言え」と怒るけれど、おじいちゃんはおじいちゃん。気取るのもいい加減にして欲しい。

おじいちゃんは、パパが財産を受け継いだら見栄のためだけに目減りさせていくんじゃないかと心配していた。さすがに親だったんだなあと思う。おじいちゃんの危惧は当たっている。普段は出すものは手でも渋るくせに、外面のためにはじゃぶじゃぶ使う。夏さんのこともそうだけど、最近は応接間に絵を飾りたがっている。

こんな成金屋敷に来る客は、絵なんて見ないだろうに。

六月二日

昨日、酒宴を開いた。

夏さんはパパにお客の数と嗜好を聞くと、少しも考える間を置かずに献立を挙げた。

「では酒肴に鵞鳥はいかがでしょう。食中の異品と称えられたひと品を、是非ご賞味いただきとう存じます」

「鵞鳥か。鳥だな」

「はい。鳥でございます」

「鵞鳥か」

パパは何か言葉を差し挟みたかったらしいけど、鵞鳥をどうしたらいいのかわからなかったらしく、ただ「任せる」とだけ言った。鵞鳥といっても要するに鳥だから、ローストチキンみたいな丸焼き料理が出るんだろうなと想像していた。

宴会はパパの知人を二、三人だけ招いた小さなもので、わたしが出て行くような席ではなかった。ママは顔を出したらしいけど、わたしは部屋で本を読んでいた。夏さんの料理が食べられないのは残念だったけれど。

そして今日、庭で文ちゃんを見つけた。だいぶお疲れらしく、勝手口を出たところにちょこんと腰掛けて、ぼんやりと空を見上げては溜息までついていた。まだ十歳そこそこだろうに、年季の入った慨嘆で、かわいそうと思うより前に何だかおかしくなってしまった。

そのうち、何か白い布に包まれたものを出してきてかじり始めた。狐色に色づいた、なにか揚げ物のように見えた。驚かせないように、少し離れたところから声をかけた。

「文ちゃん。なに食べてるの」

気配りもむなしく、文ちゃんは文字通り飛び上がった。手の中のものを後ろに隠すと硬い顔で、

「申し訳ありませんお嬢さま。仕事に戻ります」

と言った。

わたしは何だか悲しくなって、文ちゃんの目の高さまでしゃがみこんだ。

「お嬢さまなんて呼び方、やめてね。わたしだってついこの間まで、リヤカーを牽いて駄賃を稼いでいたんだから」

自分の手を、ふと見る。

「もう、マメはなくなっちゃったけど」

文ちゃんは笑っていいのかわからないようで、困ったような顔をしていた。

「それで、なに食べてたの」

「あ、はい」

戸惑いながら文ちゃんが見せてくれたものに、わたしはぎょっとした。ごつごつと節くれ立ったそれは、どうやら鳥の脚だった。水掻き(みずか)が張っていて指は三本。もしか

して、と思った。

「それ、鵝鳥じゃないの」

「そうです」

「昨日の残り物で作ったの」

文ちゃんはかぶりを振った。

「違います。これが昨日の鵝鳥料理です。夏ねえさんの得意料理で、鵝掌（がしょう）といいます。盛りつけのときにうっかりこぼれたのを、拾ったんです」

わたしは、ふうんと頷いた。パパとは今朝から顔を合わせる機会がなかったけど、鵝鳥料理としてこれが出てきたときの感想を聞いてみたかった。

「美味しいのかしら」

そう訊（き）くと、文ちゃんははじめて明るい顔になった。

「はい。昨日は皆さんにも喜んで頂けました。鵝鳥の味わいが、全部脚に集まっているんです。本当にすごい料理です」

「そうなの。わたしもひとつ、食べたいな」

すると文ちゃんは、あわてて手を引いた。

「だめです、これは床に落ちたものです。お嬢さまにお渡しできるものではありません」

その時わたしは、自分が名乗っていないことに気づいた。

「お嬢さまじゃなくて、鞠絵よ」

文ちゃんは答えなかった。これは無理を言ってしまったかもしれない。過去のわたしが、たとえばどこかの名士の娘に同じことを言われても、困るだけだったろう。わたしは話を変えようとした。

「文ちゃんは夏さんの下で修業してるのよね。やっぱり、厨娘(ちゅうじょう)になるのかしら」

何気なく訊いただけだった。しかし文ちゃんは俯いて、くちびるを噛(か)んだ。やがてぽつりと、

「料理は好きです。夏ねえさんはすてきです」

「そうね、綺麗(きれい)な人」

「でも、わたし、厨娘にはなりたくない」

消えてしまいそうな声だった。

何か事情があるのだろう。でも聞きたいとは思わない。

がんばってね、文ちゃん。応援してる。

ただ、手助けはしないけど。

六月四日

鵝掌の作り方が気になったので、料理の名前を手がかりに、詳しい人に手伝ってもらって調べてみた。中国の文献にその名があった。

「鉄の網を地に張りめぐらし、下に炭火を敷いておいて、鵝を追いやってそれを践ませると、数回めぐるうちに鵝が死ぬる」

こちらはまだ、わからなくもないんだけど。もう一つ見つけた。

「鵝を飼い肥らせておいて、いざ殺そうとする時、先ず油を煮え立たせて、その中に鵝の足を突込み、鵝が苦痛で死にそうになると、池の中に放してやって跳ね廻らせる。やがてまた油で煮てまた池に放つ」

背を冷たいものが伝った。夏さんはどう料理したのだろう。

ちなみに味は、パパによれば「旨かった」そうだ。どう旨かったのかわからないと苦情を言ったら、「どう言っていいのかわからんぐらい旨かった」と言い直した。こどもじゃあるまいし。

六月五日

馬渕さんが辞めることになった。やっぱり形としては、夏さんに追い出されたことになるのかな。

夏さんは宴の料理しか作らないけれど、あまりの味の差にパパが辟易したらしい。普段の食事のための料理人を、別に雇うようだ。

せめて、ねぎらってやりたい。明日、何か持って行こう。

2

日記に書かれた言葉がどれほど乱れようと、文字はあくまで美しく整っている。それは大寺鞠絵の、頑なまでの自制心を示しているようだった。

それが不意に崩れる。ほとんど乱雑と言ってもいい文字が突然に現れる。日記を繰る女学生は、背に不吉な予感を覚える。

それで彼女は、自分が立ったままでいることに気がついた。円卓と組になった白い椅子はところどころペンキが剝げて、春だというのに座面には落ち葉が一葉、落ちていた。

ハンカチを取り出して一拭きする。ゆっくりと腰を下ろすと、また一頁をめくる。

六月十一日

信じられない。

六月十二日

信じられないというのは、到底ありえないので信じることがかなわない、という意味ではない。

ありそうだし、やったんだろうなと思う。

ただ、信じたくない。

六月十七日

パパはいよいよ絵を買うつもりだ。やけに腰の低い胡散臭い画商を呼んで、あれこれ話をしている。

「気鋭の画家で、なかなかいい絵を描く男がおります。お値打ちにお求めいただけて、将来の値上がりも間違いなし。投資としてもお勧めできます」

パパは投資が大好きだけど、人に勧められると素直にうんとは言わない。不自然な

ほどむすっとして、

「なにを下世話な。値段の上がり下がりなど問題にしておらん。いい物を挙げろ」

さすがに画商は、相手を見るのが上手かった。応接間に来た誰もが「すごいですね」と言う絵を望まれているのだと、すぐに察したらしかった。

「では、複製画というのはいかがでしょう。何と申しましても見る者に与える印象には確実なものがありますし、お客さまの教養の証明にもなります。いちおうお値段も控えめにはなりますが、まあこれは、念のため」

パパは不機嫌を崩しはしなかったが、話にはそそられているのが、顔でわかった。

「複製か。そんなもので茶を濁すのは不本意だな」

「しかし無名の新人の作では、このお部屋を飾るには物足りないかと。先程拝聴したご予算でしたら巨匠の作品を買うことも叶いますが、しかしどうしても号数は小さくなります。この壁に小窓のような小さな絵では、物足りないでしょう」

空いた壁に向かって、画商は大きく手を広げる。

「小さくてはいかんか」

「お客さまのお好みにもよりますが、そうですね、一般的には」

「複製画は何を用意できる」

画商は手を揉み合わせた。

「さようですな。このお部屋でしたら、セザンヌなどはいかがでしょう。モネも、良いものがご用意できます」

しかし画商の狙いは露骨すぎた。人気画家の名を挙げれば頷くだろうと考えているのが透けて見えた。パパも、そのあたりの嗅覚はある。ふんと鼻で笑って、

「それではつまらんな。第一、複製画だとすぐに知れては意味がない」

「はあ、まあ。では」

「いや、お前はいい。鞠絵」

パパはいきなり、わたしを振り返った。

「お前も少しは物を知っているな。どうだ。この部屋にふさわしい絵を言ってみろ」

立ち会えと言われたときから、どうしてだろうと思っていた。要するにわたしは、パパの「教養」の一部にされたのだ。

わたしは考えた。赤と金の壁紙が不安を誘うこの部屋に似合う絵というのは、難しい。ただ、大寺家に似合う絵というのなら、心あたりがなくもなかった。

「ジェリコーは、ありますか」

「は」

画商の表情が自然にほころんだ。

「ジェリコーですか。なるほどたしかにお目が高い。お好きですか」

「いいえ。ただ、この部屋にはいいかなと。用意して頂けますか」

「ええ、ええ、お時間さえ頂ければ」

蚊帳（かや）の外に置かれたパパが、それでも機嫌を直して口を挟んだ。

「ジェリコーというのは有名なのか」

「ええ。名前はテオドールよ」

説明がおっくうだったので、言ったのはそれだけ。余計な話をされる前に、はっきり告げた。

「では『メデューズ号の筏（いかだ）』をお願いします」

画商はさすがに、戸惑ったようだった。でも楯突（たてつ）きはしない。話をわざわざこじらせないのには好感を持った。

届くのが楽しみだ。きっと、この家に良く映えるに違いない。

六月二十日

雨。よく降る。

大学の構内で、バベルの会の会長とばったり会った。線の細い会員が多い中、会長だけは豊かな体つきをしている。いかにも包容力を思わせるあのひとが、しかしわたしを除名した張本人なのだ。

「こんにちは」とか「お久しぶり」とか「お元気そうね」とか、通り一遍のことを話した後で、一縷（いちる）の望みをかけてわたしは言った。

「会費が遅れたことはすみませんでした。でも、どうかもう一度、わたしをバベルの会に入れてください」

会長の物腰は柔らかだけど、言うことははっきりしている。

「そのお話は済んだはずよ。あなたにも、諦（あきら）めてもらったでしょう」

たしかに一度は諦めた。しかしいまは、どうにもあの会が必要だった。わたしは食い下がった。会長は、縋（すが）りつく犬を見るような、慈愛と困惑の入り交じった目でわたしを見た。

「そうね。ちょっと、お話ししましょうか。あちらのカフェーへどうぞ」

そうして案内された学内カフェーは、あくまで学生たちの休憩処で、バベルの会が集まるあの瀟洒（しょうしゃ）なサンルームとは比べるべくもない。雨宿りなのか、いつもより人の姿が多いようだ。会長は静かに話しはじめた。

「大寺さん。どうして自分が除名されたのか、わかっていないでしょう」

迷った。

表向きの理由は、言うまでもなく、期限までに会費を納めなかったから。しかしそれだけではない気はしていた。それだけで永久追放されたのではない、と。安い珈琲に手もつけず、会長はじっとわたしの目を覗き込んでいる。試されているとわかったけれど、あれからずいぶん経っているのに、何も思い当たることはなかった。

わたしが答えられないことを見透かして、会長は言った。

「それは、バベルの会があなたには必要ないからです」

一瞬、わたしがバベルの会に必要のない人間だと言われたかと思った。そうであれば悔しくはあっても、話はわかったのだ。しかし違う、逆だった。

どういう意味なのか。バベルの会は名前こそ仰々しいけれど、ただの読書会に過ぎない。学内のサンルームに三々五々集まって、物語の話をするだけの集まりだった。必要とか必要でないとか、そういうものではなかったはずなのに。

そう尋ねると、会長は寂しく微笑んだ。

「そうです。『バベルの会』とは、読書会の名前に過ぎません。しかし長い月日の中で、この名は別の意味を持ち始めました」

「別の意味」

「そうです」

小さく頷く。

「バベルの会とは、幻想と現実とを混乱してしまう儚い者たちの聖域なのです。現実のあまりの単純さに、あるいは複雑さに耐えきれない者が、バベルの会には集まってきます。わたしたちは、いわば同じ宿痾を抱えた者なのです」

カフェーは低いざわめきに満ちている。

「ふだんはごく当たり前の顔をして勉学に勤しみ、家に戻れば期待された役割を万全に果たす。ですが心の底に、ほとんど致命的なまでに夢想家の自分を抱えている。バベルの会には、そうした者が集まってくる」

「逃避のために物語を読んでいる、ということですか」

「あるいは。しかし逃避よりも、物語的な膜を通じて現実に向き合うことの方が、多いでしょう。ただの偶然を探偵小説のように味わい、何でもない事故にも猟奇を見出すのです」

かつてのわたしであれば、その意味はわからなかっただろう。しかしいまは、少しわかる気がした。

そして会長は、わたしを見据える。

「しかし、大寺さん。あなたは違いました」

そういう意味ならば、わたしは違った。

「あなたがバベルの会に求めたのは社交であり、顔つなぎでしたね。あなたは六綱さんと仲良くなり、丹山さんに近づこうとし、わたしにも贈り物をした。なるほどたしかに、会員たちと社交的関係を結ぶことが出来れば、それは極めて有利なことに違いありません。あるいはあなた以外の会員にも、たとえばわたしにも、そうした別目的があることは否定できません。それは、構わないのです」

やはり見抜かれていた。予期していたけれど、頰が熱くなった。そして会長は続けてこう言った。

「しかしあなたは腹の底から実際家でしょう」

背すじが、ぞくりと凍った。

「幻想と現実の間に強固な壁を持っている。ふつうの人であれば、当然備えている壁です。ただ、バベルの会の者たちはその壁を持たないか、持っていても少し脆(もろ)い。そのかすかな後ろめたさを持たないあなたを、どうして受け入れられるでしょう」

「わたしは」

「言い換えれば、あなたはバベルの会にあって一人、強すぎる。現実に向き合うのに物語の力などいささかも必要としないあなたの輝きは、わたしたちの暗所に、あってはならない。夢想家がひととき夢に浸る場所に実際家が闖入すれば、引け目を感じるのは常に夢想家の方なのです。それを、あなたはわかっていなかった」

会長は言った。

「それこそが、あなたが除名された理由です」

心の底から納得した。なるほどかつてのわたしには、バベルの会に入る資格はなかった。そしていまのわたしにはたぶん、それがある。

しかしそのことを伝える術は、どこにもないように思われた。

六月二十一日

気分が落ち着いてきた。あるいは混乱の果てに、何も考えられなくなっているだけかもしれない。ただ、この十日ほどでわたしが知り得たことを、ようやく文字にできるようにはなった。悪い夢だったと忘れてしまう前に、書き留めておく。

わたしが知ったことをまとめると、要するに、おじいちゃんはパパと叔父さんたちに殺された。

おかしいとは思っていた。年は取っていたけれど矍鑠としていて、目も歯もしっかりしていたおじいちゃん。毎朝の国民体操を欠かさないのが自慢だった。それが「発作で急死」だなんて、いったい何の発作なのか不思議ではあった。

それぞれ拠ん所ない事情で首がまわらなくなった三兄弟が、雁首揃えて悪だくみして、お金を持っているおじいちゃんに毒を飲ませたのが真相だ。兄弟は別にお互いを信用している訳じゃなかったので、裏切らないよう、それぞれが告白書を持つことにした。

クビを切られた馬渕さんが、わたしにそっと教えてくれた。おじいちゃんが死んだ日、馬渕さんはパパに言われて家を空けた。馬渕さんの代わりに誰かがおじいちゃんに食事を作ったはずだけど、台所に残っていた生ごみを池に投げたら、魚が浮いたそうだ。

信じられなかった。だけどたぶん、心のどこかでわかっていた。パパならやっただろうって。

だからわたしは、パパが酒宴を開いた日、パパの部屋に忍び込んだ。

もうちょっと臆病でもいいのに、パパは親殺しの告白書を、机の引き出しに無造作に入れていた。

毒は鳥兜（とりかぶと）を使ったと書いてあった。

六月二十二日

何をやってもうだつが上がらなかったパパが、伝説の相場師であるおじいちゃんを殺して、財産を兄弟と山分けする。ありそうなことだ。

ただわたしが本当に信じられなかったのは、つまり信じたくなかったのは、わたしがその殺人を心のどこかで許したこと。

わたしはおじいちゃんが大好きだった。おじいちゃんも、わたしをかわいがってくれた。

けど、だからといって、わたしの人生は開けはしなかった。ほんの三年前までわたしは雨漏りのする長屋に住んで、わずかなお駄賃目当てにリヤカーを牽（ひ）いていた。夏は真っ黒に日焼けして、冬は指にあかぎれが絶えなかった。本すら、まともに買えなかった。それがいまはどうだ。たとえパパの見栄（みえ）のためであろうとも、大学に通うことさえ叶（かな）ったではないか。

すべてはパパたちが、おじいちゃんに毒を飲ませたから。

どうしてわたしが、パパを責められるだろう。パパはおじいちゃんを殺して、肥え太った。その脛（すね）に食らいついて満腹しているのがわたしなのだ。

わたしはパパの殺人を、内心において許すどころではない。

たぶん、よく殺してくれたとさえ思っている。


（追記）

ああ、だけど。

実際家のわたしは、パパに感謝している。そう思うべきだ。

だけどこの十日間、夜ごとにおじいちゃんを思い出す。アメリカみやげのロケットを胸に抱いて、ほろほろと涙が止まらない。大学なんか行かなくてもよかった。リヤカーだって、いくらでも牽いた。わたしはおじいちゃんに生きていて欲しかった。そして何より、パパに人殺しなんてして欲しくなかった。

会長の言葉を憶（おぼ）えている。「あなたは腹の底から実際家でしょう」。

違う。

前は、そうだと思っていた。打算と計算でバベルの会に入り、笑顔で人脈作りをしていただけのつもりだった。だけど本当にわたしが心底からの実際家だったら、「よく殺してくれた」と思うだけで済んでいたはず。

こんなに悲しくなんて、ならなかったはずなのに。おじいちゃんのかたきうちをする自分を夢想する。パパがおじいちゃんに飲ませた鳥兜で、パパに償いをさせる。苦しむパパを見下ろして、全部知っているのよと告げる。そんなこと出来るはずもない。そんなのはただの物語だ。

ただの物語が、胸を離れない。

3

その記述から、日記にはしばらく空白が続く。

白紙ではない。書かれているのは人の名前、何かの時間、思いついた言葉の切れ端。千々に乱れる書き手の心をそのまま写したような、混乱ばかりが続いていく。そのたわ言(バブル)の中からも何かを汲(く)み取ろうというのか、彼女が頁(ページ)を繰る速さは変わらない。

彼女は既に知っている。日記に書かれた「瀟洒なサンルーム」が、いま彼女のいる場所のことであると。

日が暮れていく。サンルームは次第次第に、橙(だいだい)に染め上げられていく。

やがて途絶などなかったように、記述は忽然(こつぜん)と再開される。

七月二十日

最初のうちは「これが一流というものだ」などと喜ぶふりをしていたパパだったけど、そろそろ忍耐も限界らしい。夏さんの話が出ると、あまりいい顔をしなくなってきた。

わたしの見たところ、理由は三つある。

一つは、買い込む食材の量に説明がつかないということ。この間の宴席では、八人分の羹をこしらえるのに、鯰を三十瓩も買い込んだ。甘藍や茄子に至っては、あわせて百瓩近くの請求書が届いた。

パパは、夏さんが食材を選んでいるのだろうと言う。鯰を三十瓩買って、もっとも良い一匹を選んでスープの具にしたのだ。金持ちの料理人としては見上げたことだと褒め称えた。これには、ママが一言で反論した。「選ぶために買うようなことをしなくても、店先で選べばいいんです」。これはわたしもそう思う。パパが「そんな吝嗇なことはしないものだ」と言うのが、いかにも弱々しかった。ママはずっと、夏さんが余った食材を転売したり返品したりして利鞘を稼いでいると思い込んでいる。

二つ目は、宴席の後に必ず心付けを求められること。パパは気前よく払っているつもりらしいけど、あきらかに納得していない。料理店に食事に行って、給仕に心付けを渡すのならふつうのことだ。しかしどうして、雇っている料理人に仕事をさせて給料のほかに金を払うのか。そう思っているのがありありとわかる。

夏さんが請求している額を、それとなく漏れ聞いた。たぶん聞き間違いだったと思う。もしわたしが聞いた通りなら、月に一度の割合で夏さんに料理を作ってもらうと、わたしの一年間の学費よりもずっと高くついてしまうのだ。もちろんパパが払えない額ではないけれど、むなしいお金の使い方だとは思っているだろう。

ただ、この二つはつまるところお金の問題だ。ところどころ理不尽でも、パパが見栄のためにお金を払うこと自体はいつものこと。だからたぶん三つ目の理由が大きい。

ある日、パパが夏さんに言ったことがあった。

「今度は何で作ってもらうかな。そうさな、猿なんてどうだ」

パパは意地悪で言っているのだ。だけど夏さんは平然と答える。

「猿も珍味でございます。前にお仕えしておりました家では、大いに好評を頂きました」

そして、これこれこうと料理法を説明する。パパは苦虫を噛み潰したようになって、

「わかった。だが猿はよそう」

と話を終わらせる。

似たようなことが、蛇や蝙蝠や鰐で繰り返される。そのたび、夏さんは「前にお仕えしておりました家では」とか「先にどこそこの宴に喚ばれましたときは」などと淀みなく答え、パパは機嫌を悪くする。

パパは夏さんに、「それは他の誰にも命じられたことのない料理です」と言わせたいのだ。下手物や珍味が食べたいわけではない。そんな通人じゃない。ただ、夏さんの背後にいる人々に、敵愾心を燃やしている。

前に作ったことがあると言われるたびに、夏さんの過去の雇い主に負けたような気がするのだろう。美食のことなどほとんど知らないのに、それでも一流の富豪という自負だけはあるものだから、いっそう癪に障る。

今日、パパに訊かれた。

「なあ。何か、食べてみたいものはないか。何でも構わんぞ。夏に作らせよう」

わたしには、いずれパパがわたしを当てにするとわかっていた。いつか絵を買ったときのように。だから用意があった。

「では、叔父さんたちを集めて、盛大な宴を催してはどうでしょう。夏さんも腕の振るい甲斐があると思います」

「そりゃ構わんが、しかしお前、何を作らせるかが問題だ」

パパと叔父さんたち、それにわたし。大寺家にふさわしい食材は一つしかない。わたしはパパに、アミルスタン羊を勧めた。

七月二十一日

パパが夏さんを呼んだ。夏さんはこのところ、呼び出されては問答をして、そのまま戻されることが続いている。だけど嫌な顔ひとつせず、

「お呼びにより参りました」

と跪いた。

椅子の上で、パパはふんぞり返っていた。

「おう。ようやく、お前に料理してもらうものが決まったぞ」

「どうぞ、お聞かせ願いとう存じます」

「羊だ」

いつも流れるように受け答えしていた夏さんが、わずかに戸惑った気がした。ああでもないこうでもないと引っ張って、当たり前の結論に落ち着いたのだから無理もない。しかし異を唱えるでもなく、深く頭を下げる。

「羊でございますか。かしこまりました」

ここでパパは、たっぷりと勿体をつけた。

「羊といっても、ただの羊ではつまらんし、お前も甲斐がないだろう。豚は鹿児島、牛は松阪。羊にもいろいろあるだろう」

「そのように心得ております」

「お前に料理して欲しいのは、アミルスタンの羊だ」

夏さんを雇うとき、口入れ屋は夏さんの技量だけでなく、その教養も保証した。その夏さんのこと。アミルスタン羊のことも知っていた。

「アミルスタン羊、でございますか」

「そうだ。前に、誰かに命じられたことはあるか」

顔を伏せたままで答える。

「いいえ。これまでお仕えしたどの家でも、喚ばれましたどの宴でも、アミルスタン羊を任されたことはありません」

それを聞いてパパは頷いた。重々しく頷いたつもりだったのかもしれないが、口許には隠しきれない笑いが浮かんでいた。

「非常に旨いそうだな。しかし、これまで扱ったことがないのは問題だ。何か、アミルスタン羊にふさわしいような料理法を知っているか」

さすがに知らないだろうと思った。いくら夏さんがすさまじい腕の持ち主で厨娘という特別な料理人だとしても、アミルスタン羊の料理法までは知らないだろう、と。

しかし夏さんは、さらりと言った。

「存じております」

「ふむ」

「そもアミルスタン羊は、雄の一名を饒把火と申しまして、松明に比べればまだ食に値すると蔑まれる下々の食材でございます。ですが雌は一名を不羨羊、これは羊よりもなお味が良いという意味でございます。調理といたしましては『鶏肋編』という書物に、蒸す、炙る、煮る、漬けるの四法が記されております。詳らかに申し上げて、お選びいただいた方が良いでしょうか」

パパはちょっと複雑な顔をした。

「ああ、いや。それは任せる。羊よりも旨い羊というのは面白いな。一番いい方法を選んでくれ」

「かしこまりました」

夏さんは平伏する。が、もちろん話はそれで終わらなかった。アミルスタン羊を料理するにあたって、いくつかの相談があるのは当然のことだ。おもむろに顔を上げて、夏さんは言った。

「では、恐れ入りますが、三年の猶予をいただきとう存じます」

「なに」

パパは目を剝き、苛立った声を上げる。

「三年だと。羊を料理するのに、三年もかかるのか」

「料理には、さまでの手間はかからないでしょう。ただ、アミルスタン羊は珍しいものではないとはいえ、獲ることは国法で禁じられております。お言いつけとあらば最上のアミルスタン羊をご用意いたしますが、狩り場を求めるのに一年、場に馴染むのに一年、獲物を選ぶのに一年がかかりましょう」

少なからずパパは動揺した。

「殺してはならんのか。禁鳥のようなものか」

「ならぬというものではありません。現に日々、アミルスタン羊は何百何千と狩られております。ただわたくしのような料理人には、なかなか手が届きません。どうしても自ら狩るより他にないのでございます。その上、わたしは厨娘として一通りの修練は積んでおりますが、狩人ではございません。畏れながら行き届かぬところもあるかと存じます」

「しかし三年は長いな。そんなには待てん」

「先例には、珍魚を食すため五十年を待った通人の例などもございます」

「先例はもうたくさんだ」

叫び、パパは席を蹴って立ち上がる。顔が真っ赤になっている。

「どんな例があっても、前の雇い主がどうであっても、いまのお前の主人は俺だ。俺が待てんと言っているのに、従う気がないのか。お前は結局、立場というものをわきまえておらんのだ」

逆らうことなく、夏さんはいっそう深くこうべを垂れる。

いまにも、パパは夏さんに暇を出しそうだった。ここだと思って、わたしは横から口を挟んだ。

「ということは、夏さん。夏さんが自然に馴染むことが出来て、最上級の雌のアミルスタン羊が集まるような狩り場があれば、それほどの時間はかかりませんね」

夏さんは、わたしに対してはパパに対するような慇懃な態度を取らない。ちらりと見ると、短く「左様でございます」と答えた。

「なんだ。お前、心あたりがあるのか」

どこかパパは苦々しげだった。知らぬふりで、わたしは微笑んだ。

「はい。蓼沼という土地が、きっとうってつけです。羊たちは夏の盛りに、湖畔に現れます。夢を見ているようなひ弱な羊ばかりですから、きっと狩るにも苦労はないでしょう」

七月二十二日

夏さんは、三週間後に戻ることを約束して、蓼沼に旅立つことになった。

出発直前の夏さんに会いに行った。いつもの華やかな衣装ではなく、目立たない旅装に身を包んだ夏さんは、わたしを見ると立ったまま一礼した。

「頑張ってきてね」

そう声をかけると、ありがたくもなさそうに「ありがとうございます」と言った。

わたしは夏さんのことを、命令されたら何でも従う便利な人だと思っていた。思うところがあるのは大寺家に対してと、蓼沼に集う羊たちに対してだけなので、夏さんに甘えて負担をかけるのは多少申し訳なくも思っている。

だけど、夏さんが何か意見を言うとは思っていなかった。だから切れ長の目で一瞥されたあと、不意に切り出されたのは意外だった。

「アミルスタン羊料理をお命じになるよう進言なさったのは、お嬢さまですね」

　驚きはしたけれど、隠すつもりはなかったので、わたしは頷いた。

「そうよ。素敵な味って聞いたから」

　ほんの一瞬だけど、夏さんはわたしの目を覗きこんだ。厨娘の目利きは恐ろしいものだ。その眼力に、心の奥底まで見透かされた気がした。

「では、僭越ながら一つだけ申し上げます。主家の口福の業を共に背負うのが厨娘の本懐ではございますが、古来よりアミルスタン羊は舌ではなく、頭で味わうものです。過度なご期待はお控えください」

「わかっているわ」

「左様でしたか」

　そっけない返事だった。だけどわたしは夏さんの表情から、「味に期待しない料理を命じるなんて馬鹿な小娘」と思われていることを知った。誇り高いのは結構だ。それを口に出さないのは、さらに素敵。

　文ちゃんはついて行かなかった。わたしはてっきり、文ちゃんがアミルスタン羊を獲ることを嫌って、行きたがらなかったのかと思っていた。

しかし違った。夏さんが言い含めて、文ちゃんを置いていったらしい。「あなたはまだ厨娘ではないのだから、業を背負うのは早すぎる」と言ったそうだ。

ほんの少しだけ、夏さんに悪いような気がした。だけどもう引き返せないし、そんな気もない。

七月二十六日

ジェリコーの複製画が届いた。

もっと時間がかかると思っていたけれど、意外に早かった。そして出来映えも、それなり程度だった。なにしろのっぺりとして、画面真ん中の筏が一番の見せ場なのに、筏を繋ぐ縄が茶色い線一本で、成金に渡す複製画とはいえもう少し何とかならないのかと腹が立った。

パパは、残念なことに、絵の技術などよりも画題が気に入らなかったようだ。

「芸術はよくわからんが、お前、これはちょっと客を迎える部屋には生々しいんじゃないか」

「でも、迫力はあるでしょう。誰の記憶にも残らないような絵を飾るぐらいなら、このぐらい印象的な方がいいかと思って」

ジェリコーの『メデューズ号の筏』は、一八一六年に起こった実際の事件を題材に取っている。その年、フランスの軍艦メデューズ号がモロッコ沖で座礁した。救命ボートはあったが数が足りず、急造の筏に百四十九人が乗り込んで、ボートに牽引されることになった。

その後、天候が悪化すると、ボートは牽引索を切ってしまう。わたしは海に出たことはないけれど、海を扱った小説にはしばしば、信じられないような無慈悲や非情が描かれる。メデューズ号の救命ボートは、まだしも、緊急避難の弁護を受けられるだろう。

切り離された筏の漂流は、長くはなかった。十二日間だった。しかし生存者は十五人に減っていた。水も食料もない筏の上で、彼らは弱肉強食の掟を忠実に守った。

ジェリコーはその筏と荒れ狂う海を、恐るべき迫力を以て描いた。彼は瀕死の病人や刑死した罪人をスケッチして、『メデューズ号の筏』を描いた。彼がその取材の過程でアミルスタン羊を食べたかどうかは、記した書物を目にしていない。

肉親を殺して財産を奪い、まっとうに働く人たちの上前を投機で掠め取って、贅沢を楽しむ大寺家。その応接間に、これ以上似つかわしい絵は思いつかなかった。

ただ、複製の出来が悪いのがとても残念だ。あの画商には将来、何かの形で天罰が下るだろう。

七月二十七日

大寺家の応接間には『メデューズ号の筏』がふさわしい。同じ理由で、大寺家の晩餐にはアミルスタン羊がふさわしい。

アミルスタン羊は、スタンリイ・エリンの『特別料理』に紹介されている。秘密めいたレストランに通う食通たちが渇望する幻の食材だが、エリンはその味について、贅言を費やしていない。自分の魂を覗きこむようと書いているだけだ。

わたしの魂。

そう言われても、なんだかあんまり美味しそうだとは思わない。夏さんの言う通り、頭で食べる食べ物なのだろう。しかしだからこそ、わたしにうってつけだ。

仏教説話だと、石榴の味がアミルスタン羊に似ているという。お釈迦様が夜叉に与えて、アミルスタン羊の代わりにするように言ったのだ。

石榴だったら好きだ。幼い頃、長屋の裏山に生っているのをよく食べた。

七月三十一日

蓼沼には明日から、夢想家の羊たちが集まる。

夏さんは何を考えて、彼女たちを待ち受けているだろう。心の内はわからないけれど、彼女はやり遂げるだろうとわたしは確信している。わたしのことを、幻想と現実とを混乱させることさえできないと爪弾き（つまはじき）にしたバベルの会。わたしから滲（にじ）み出る混乱によって、わたしの夢想のために、いけにえに捧（ささ）げられる。

アミルスタン羊はパパや叔父さんたちにふさわしい食べ物であり、わたしもそれを食べることで、バベルの会と大寺家の両方にふさわしい者へと変身する。

ただ、もう会長に会えないだろうことだけが残念だ。なにしろ、線の細い子ばかりのバベルの会にあって、会長はただひとり豊満だから。肉づきがいい。そう、だいたい五十五瓩（キログラム）と見積もって、五万五千瓦（グラム）の羊肉なら、常識外れの量を買い込む夏さんにも足りるだろう。

夏さんは充分時間をかけて、選びに選ぶはず。厨娘の眼で見て、どの羊が最上等に映るのかはわからない。

だからもしかしたら、仲良くしてくれた六綱あたりが選ばれてしまうかもしれないけど。

それならそれで、美味しく頂くのが供養（くよう）かなと思う。

4

そして革表紙の日記は、いよいよ終盤を迎える。

一度乱れた文字は、元通りの整いを取り戻している。一行ごと、一文字ごとに、並々ならぬ神経を払って綴られていることがわかる。それはつまり、この日記を読む何者かの目を意識したということでもある。大寺鞠絵を名乗る書き手は、いつか手に取る誰かに向けてこの物語を書いていると、彼女は知った。

サンルームに風が吹き込む。日が翳れば風に春の爽やかさはなく、肌寒さに女学生は知らず、我が身を抱く。

八月九日

わたしは何か勘違いをしていたかもしれない。

今日、文ちゃんに料理を作ってもらった。パパもママも家を留守にするので、一度ぐらいは文ちゃんの料理を食べてみたいと思ったのだ。何がいいかと聞かれたので何でもいいと答えた後、少し考えた。

「いつか、夏さんが長葱の酢漬けを作ってくれたわ。あれはとても品が良くて、よく憶えてる。文ちゃん、あれ、作れるかしら」

文ちゃんは少し尻込みした。

「できます。けど、夏ねえさんみたいにはいきません」

「いやね。見習いさんに完璧なんて求めないわ」

そう、おでこをつっついてやった。

そうして文ちゃんが作った長葱の酢漬けは、さすがに夏さんの仕事をそばで見ているだけあって、そうそう食べられないような良品だった。ただ、一口食べて瞠目してしまった夏さんのものに比べると、やっぱり心なしか落ちる気がした。

わたしは食道楽でもなければ舌が肥えているわけでもないが、それでも書いてしまうと、夏さんの料理は香りが段違いに良かったように思う。比べて文ちゃんの料理は、いかにも葱らしい香りがする。馴染みのある香りだけど、言葉を変えればわずかに葱くさい。

ただ、けちをつけるほどのことじゃないし、なによりいっしょに作ってくれた鯛飯が本当に美味しかったので、食後に文ちゃんを呼んで褒めた。夏さんの「心付け」の真似じゃないけれど、心ばかりのお小遣いも渡した。文ちゃんはひどく恐縮して、跪いて押し頂くけれど、あまり頭を下げすぎて何かの遥拝みたいになっていた。それが可笑しくて、わたしは笑った。

「そんなに下ばかり向いていないでもいいわ。ちゃんと立って」

「はい」

答える声にも元気がない。そんなに不器用に遠慮されるとこちらもやりづらい、と、ちょっと苦い気分になった。けれど顔を上げた文ちゃんを見て、驚いた。顔が真っ青だった。

「どうしたの。顔色が悪いわ」

文ちゃんははっと自分の頬を押さえると、恥ずかしそうに俯いた。

「すみません」

「具合が悪いの」

「いいえ、大丈夫です」

見れば、おでこに汗が浮かんでいる。暑さのせいばかりとも思えなかった。わたしは少し、語気を強めた。

「夏さんがいない間は、文ちゃんを心配してくれる人はいないんでしょう。いいから、どこか悪いところがあるなら言いなさい」

それでもしばらく、もじもじとしていた。やがてその手が、お腹(なか)に当てられる。

「本当に大丈夫です。葱ばかり食べたら、少しおなかが痛くなっただけです」

「葱ばかり。文ちゃん、夕ご飯は食べたの」

「はい。葱を食べました」

それを聞き、わたしは一つ思い出した。夏さんが長葱の酢漬けを作ったときの、請求書。たしか、『長葱十廷』とあった。

わたしが同じものを作れと言ったから、文ちゃんも馬鹿げた量の葱を買ったのだろうか。そう尋ねたら、文ちゃんは小さく頷(うなず)いた。

「お嬢さまの分だけでしたから、一廷ほどです」

それでも、長葱が何十本になるだろう。食卓にのぼったのは相変わらず、箸(はし)で二、三度つまめばなくなってしまうぐらいだったというのに。

怒っていいのか、あきれた方がいいのか、わからなかった。

「夏さんの作った料理をとお願いしたからって、食材を無駄に買うところまで真似しなくてもいいのに。それで、余った葱を自分で食べて、おなかを壊したのね。馬鹿ね」

すると文ちゃんは不思議そうな顔をした。

「でも」

「でも、どうしたの」

「いえ」

「言ってご覧なさい」

引っ込み思案な子から言葉を引き出すのは一苦労だ。なおも二、三度押し問答して、やっとのことで言わせた。

「では申し上げます。あの料理は、それぐらいの葱を使わないと作れないんです」

「何を言っているの。あなたが出してくれたのは、ほんの少しだったわ。長葱一本でも足りたでしょうに」

「いえ、それでは」

文ちゃんはかぶりを振り、それから「あっ」と声を漏らして手を口に当てた。

「そうだ。こちらのお宅では、料理するところをご覧にならないから、ご存じないのですね」

「なに、どうしたの」

わたしの顔色をうかがいながら、文ちゃんはおそるおそる言う。

「あの料理は、葱をまとめて湯掻きます。そしてその中で頃合いよく火が通った数本を見切って、白根を切り、外は何枚も剝いて中の良い部分だけを抜き出し、酢に浸します。一本の葱から取れるのはほんの僅かなので、どうしても、たくさんの葱がいります」

この子は、そして夏さんは、そんなに手間のかかることをしていたのか。厨娘の技に、改めて感心する。道理で、山のような長葱が必要になるわけだ。しかし、わたしは気づいた。尋常ではない量を注文していたのは、葱だけではない。

「じゃあ、羊はどうなの。いつか、羊の頭の肉を出してもらったわ。あれも無駄に買った訳じゃなかったの」

「はい。あれは、頰肉を使います。頰肉の、外側でも内側でもないいちばん良いところだけを使うので、羊の頭が沢山いります」

「鯰は。あれもそうなの」

「鬚の内側の白肉だけを使います」

「他の場所はどうするの。頰肉だけ切り取って、残った羊の頭は」

ふと気づく。文ちゃんは、それで胃の具合を悪くしているのだった。

「あなたたちで、食べるのね」

しかし文ちゃんは、「違います」と言った。なぜか、泣き出しそうな、ひどく情けない声だった。

「違うんです。ごめんなさい、お嬢さま。捨てるんです。羊も、鱠も、野菜だって全部。いちばん美味しいところを取ったら残りは不要です。夏ねえさんは残り物を、『こんなところは貴人の食べ物ではありません』と惜しげもなく捨ててしまいます」

疚しさに責められるように、文ちゃんは俯く。

「でも、わたしはつらいんです。鹿は尾が美味しいと言って、何頭も買うのに尻尾だけ切って残りは捨ててしまう、でも他のお肉だって美味しいのに。今日だって、葱を捨てられませんでした。食べたことを知られたら、わたしきっと、夏ねえさんに怒られる」

そして、消えてしまいそうな声で呟くのが、かろうじて聞こえた。

「わたし、料理は好きですが、厨娘にはなりたくありません」

文ちゃんの悩みは、至極まっとうなものだ。

しかしわたしは、別のことを考えていた。

八月十日

わたしが考えていたのは、もちろん、アミルスタン羊のこと。

厨娘はたしかに、特別な料理人なのだ。夏さんを紹介した口入れ屋は、パパが厨娘を使いこなせるか心配していたらしい。その理由がよくわかった。

主と客を前にして、厨娘は食材を捌く。そして最も味の良いところだけ切り取ったら、まだいくらでも使い道のある食材を捨ててしまう。そうすることで楽しませるのだ。あなたはこれほど無駄遣いが出来るのですよと、暗に示して。なるほど、宴でしか料理をしない理由もこれでわかる。厨娘は贅沢を体現する。そのすさまじさを初めて知り、わたしは肌が粟立つのを覚えた。

パパは夏さんの言葉に臍を曲げて、宴席で腕を振るうことを認めなかった。だからパパは、これまで夏さんの真価を知らなかったのだ。それはパパにとっても不幸なことだけど、夏さんはいっそう気の毒だ。厨房で文ちゃんだけを相手に、その技を振るったのだろうか。

わたしは、厨娘が食材を大量に仕入れるのは、その中から最良の一を探すためだと思っていた。パパが「目利きのために買っている」と言った言葉に影響されたらしい。考えが足りなかった。いつかの鵝掌のことを思えば、気づいてもよかったのに。鵝鳥の足だけを出したというが、では足より上はどうしたのか、と。仮に背びれがいちばん美味しい魚がいたとしたら、夏さんはきっと何十匹もの魚を買い込んで、背びれだけを出す。では、アミルスタン羊はどこがいちばん美味しいのだろう。

蓼沼の羊たちのうち、夏さんはどれか一匹を獲ってくると考えていた。だけど、厨娘の料理法を聞いたいまは、そうではないのだと知った。

わたしの夢想に捧げられた、夢見る儚い羊たち。

悉く狩り尽くされ、あるいは一匹も残らない。

八月十二日

夏さんが戻ってきた。

三週間ぶりに戻って来た夏さんは、太ってもおらず、日焼けもしていなくて、避暑地での長い滞在を思わせるようなところは何一つなかった。赤い上着に翠のスカートは、いつもの正装だ。はじめての日と同じように跪いて、パパに復命した。

「お待たせいたしました。アミルスタン羊料理、用意が調いました」

「そうか」

三週間前は夏さんを追い出そうとまでしたパパだったけれど、さすがに珍味を揃えて戻って来たとあっては、意地悪を言う気もないらしい。にこにこと上機嫌だ。

「首尾はどうだった」

「上々にございます。お嬢さまの仰せられました通り、蓼沼という地には、まことに上質なアミルスタン羊が群れを成してやって参りました。肥えているものは少なく、いささか不安を覚えぬでもありませんでしたが、肉質のきめ細かさには舌を巻きました。きっとご期待に添えるものと考えております」

「そうか、そうか」

パパは手を打って喜んだ。

「そんなに良い肉が手に入ったなら、弟たちだけでは惜しいな。もっと客を呼ぶべきだった。しかしお前の準備もあろうから、いまからそういうわけにはいかんだろうな」

「恐れ入ります」

そして顔を上げる。いつものようにすらすらと、献立を説明する。

「古書に曰く、アミルスタン羊は『唇』が佳いとあります。今夜は唇の蒸し物を、心ゆくまでご堪能いただきたいと考えております」

わたしは

5

サンルームは荒れ果てている。

長らく人の気配が絶え、もう数年でただの危険な廃墟（はいきょ）と化すだろう。春の午後も日は暮れて、もはや文字も追いづらい。

大寺鞠絵の物語は、そこで不意に終わっている。続きを書けない何事かがあったのか、それとも最初から、これが予定された終わりだったのか。

「どちらにしても」

と、女学生は独りごちる。

「ここにはもう、誰もいないのね」

物語はもう終わり。そよりと吹いた風の意外な寒さにいまさら気づいて、彼女は本を閉じる。音を立てて閉じた革表紙を見ていると、ふと気まぐれを起こし、最後の頁（ページ）を開いてみた。

果たして、そこには短い書き込みが残されている。物語を書いたものと同じ、かっちりとした筆跡で綴（つづ）られている。

『いつか訪れる儚い者へ』

微笑(ほほえ)んで、今度こそ閉じる。古びた椅子(いす)を立つ。

そうして彼女は、あたりを見まわした。部屋の傷(いた)みは進んでいるが、手の施しようがないというほどではない。いいところを見つけた、ここはわたしの場所になるだろう、と彼女は思った。わたしだけでなく、わたしのような人たちが集まるようになればいい、と思った。

いま、ここに談笑はない。しかし一篇の物語が後継者を生んだ。

サンルームに月の光が満ち始める。

バベルの会はこうして復活した。

参考文献

『青の歴史』ミシェル・パストゥロー　松村恵理／松村剛・訳（筑摩書房）
『渡来薬の文化誌』宗田一（八坂書房）
『酒の肴・抱樽酒話』青木正児（岩波文庫）
『廚娘』洪巽　大木康・訳（『書物の王国〔14〕美食』所収　国書刊行会）

その他、中野美代子氏の著作から、多くを得ました。

解説

千街晶之

本書『儚い羊たちの祝宴』は、二〇〇八年十一月、新潮社から上梓された。著者が本書のような作品を発表したことに、私は当時些かの意外感を覚えた記憶があるのだが、これには少し説明が必要だろう。

まず、著者である米澤穂信の、本書刊行に至るまでの経歴に簡単に触れておかなければならない。二〇〇一年、『氷菓』で第五回角川学園小説大賞のヤングミステリー&ホラー部門奨励賞を受賞してデビューした著者は、その後、同じ「古典部シリーズ」の第二作として『愚者のエンドロール』(二〇〇二年)を刊行したが、これら二作は、ミステリとしての質の高さや、それに伴う一部読者からの高評価にもかかわらず、当時は売れ行きに恵まれなかった。

転機となったのは、二〇〇四年刊行の第三作『さよなら妖精』である。版元がミステリに強い東京創元社だったということもあって、この作品で著者は従来のファンのみならず、今まで彼の名を知らなかった読者層からの注目をも集めることに成功したのだ。その後、『春期限定いちごタルト事件』(二〇〇四年)を一作目とする「小市民シリーズ」、失踪人捜しと古文書の解読という二種類の依頼がクロスしてゆく私立探偵小説『犬はどこだ』(二〇〇五年)、SF的設定を導入した青春サスペンス『ボトルネック』(二〇〇六年)といった作品を発表し、注目度と評価はうなぎ登りとなっていった。

さて、この時点での著者の一般的イメージは、所謂「日常の謎」に新風を吹き込んだ作家であり、そして何よりも、青春ミステリの新たな旗手というものだった。それを如実に示すのは、二〇〇七年に雑誌《ユリイカ》が米澤穂信特集を組んだことである。この特集の副題は「ポスト・セカイ系のささやかな冒険」であった。寄稿者のすべてがそのような文脈に沿った文章を書いたわけではないけれども、二〇〇〇年代前半に流行した「セカイ系」と呼ばれる傾向の文芸とその後を見据えるという目的でこの特集が組まれたことは想像に難くない(米澤自身は、この号に掲載された笠井潔との対談「ミステリという方舟の向かう先」で、『ボトルネック』にセカイ系の枠組みを取り入れたことは認めつつ、「自分はどうしても、一人の登場人物が世界の謎と主体的に関わるということには納得がいきません」と、セカイ系への違和感を表明している)。

ところがその後、彼は従来の「日常の謎」系青春ミステリの路線と並行して、アガサ・クリスティーの『そして誰もいなくなった』を想起させるクローズド・サークルもの『インシテミル』(二〇〇七年)や、本書『儚い羊たちの祝宴』、そして第六十四回日本推理作家協会賞を受賞したランドル・ギャレット風のファンタジー本格『折れた竜骨』(二〇一〇年)といった、古典ミステリへの回帰を濃厚に感じさせる作品群を書くようになっていった。これらの作品は、「日常の謎」の書き手、あるいは「ポスト・セカイ系」といった見方にはあまり似つかわしくない印象がある。特に、《ユリイカ》で特集が組まれてから後の一作目が、著者の作品で最も人工的な設定の『インシテミル』だったというのは重要なポイントだ。少なくとも、平凡な若者の日常をホームグラウンドとする作家というイメージから、『インシテミル』以降の作品がだんだんはみ出してきているのは間違いない。私が意外感を覚えたというのは、そういう意味においてである。

「ミステリという方舟の向かう先」で米澤は、「自分にとって小説を書くというのはサヴァイヴァル・ウォーという気持ちがあります。毎年、新しい人が次々とデビューしますから、誰に届けるかというのを考えていかないと生き延びることはできません」と発言している。小説界の現状のシビアさをここまで的確に把握している米澤が古典ミステリ路線に舵を切ったのは、もはやそのような路線でも読者を摑み得ると判断したからだろうか。実際、その路線でも読者が離れることはなく、『インシテミル』に至っては映画化までされたのだから、著者の判断に誤りはなかったと言えよう。『インシテミル』という題名は「淫してみる」からの思いつきだったようだ。実際、この作品には、ミステリ的なガジェットがこれでもかとばかりに詰め込まれていた。そして、『儚い羊たちの祝宴』も、『インシテミル』とはやや違う意味で、ミステリに「淫してみた」作品であることは間違いない。

収録された五篇は、いずれも浮世離れした上流階級を背景としている（一応、それぞれ独立した話ではあるものの、「バベルの会」という読書サークルの存在が、各話をゆるく繫いでいる）。しかし、話の内容は甘美というよりは残酷であり、毒々しささえも感じさせる。その意味で、本書の最高傑作は「玉野五十鈴の誉れ」だろう。この話は真相もさることながら、ラスト一行の衝撃が尋常ではなく、読後、引きつった笑いさえこみ上げてくるほどだ。

巻頭の「身内に不幸がありまして」は、ある名家の令嬢に幼い頃から仕えてきたメイドの手記の体裁を取っているが、この作品で注目すべきは、伏線のただならぬマニアックさだ。もともとブッキッシュな発想の作家である著者は、今までの作品でも先行する文芸作品などに言及することが多かったけれども、伏線そのものがここまでマニアックだったのは初めてではないだろうか。

マニアックな伏線といえば、巻末の「儚い羊たちの晩餐」もそうだ。ここには何の説明もなく「アミルスタンの羊」という固有名詞が出てくるが、読み進めるうちに意味の見当がつくように書かれているとはいえ、この言葉を見ただけでぴんと来るのは主にミステリファンだろう（スタンリイ・エリンの短篇「特別料理」を参照）。

前記「玉野五十鈴の誉れ」にしても、この種のミステリファン向けのくすぐりが随所に出てくる。そもそもタイトルからして、G・K・チェスタトンの「ブラウン神父シリーズ」の短篇「イズレイル・ガウの誉れ」をもじったのでは……と予想していると、それを肯定するかの如く、「あなたはわたしの、ジーヴスだと思っていたのに」「勘違いをなさっては困ります。わたくしはあくまで、小栗家のイズレイル・ガウです」といった会話が交わされる。「バベルの会」のシーンで説明なしに唐突に出てくる「折竹孫七」という名前も、この作品に登場する一家が小栗家であることと敢えて符合させているようだ（折竹孫七は、小栗虫太郎の秘境冒険小説『人外魔境』の主人公）。

また、固有名詞以外にも、古今東西のミステリを想起させるような設定が幾つも散見される。「北の館の罪人」は、異母兄がヒロインにさまざまな買い物を依頼する理由が謎のひとつとなっているが、一見互いに関連のない品物のミッシング・リンクが最後に解明される構想は、エラリー・クイーンの『最後の一撃』や「は茶め茶会の冒険」（旧題「キ印ぞろいのお茶の会の冒険」）を想起させる。また、「山荘秘聞」は、あるパターンを読者に予想させておいて軽やかに裏切ってみせる作品だが、これも読者サイドに一定の読書教養を求める姿勢と言える。

こうして見ると本書は、本格ミステリから所謂「奇妙な味」と呼ばれる系列まで、ミステリのさまざまな遺産をモザイク状に巧緻に組み合わせた作品集と呼ぶことが出来る。

ならば、本書は従来の青春小説路線とは完全に分離した、反動的な復古主義、教養主義の産物でしかないのか。そう断言してしまうのは軽率というものだ。というのも、著者が固執してきた「悪意」の演出という点では、本書も明らかにそれまでの作品群の延長線上にあるからだ。

省エネ的生き方をモットーとする「古典部シリーズ」の折木奉太郎にせよ、本性を抑圧して平凡な小市民たらんとする「小市民シリーズ」の小鳩常悟朗と小佐内ゆきにせよ、あるいはノン・シリーズ作品の場合にせよ、著者が描いてきた主人公は基本的に受動的な生き方をしており、それが事件や謎との遭遇によって変容を余儀なくされるプロセスが読みどころとなっている。そんな変容の描写は、特に若い世代の感情移入を求める青春小説の枠内で最も効果を発揮するものだが、著者はその枠を活用して存分に強烈な悪意を発揮する。『犬はどこだ』の物語終了後まで尾を曳く不安感然り、『ボトルネック』の主人公が陥る暗澹たる境遇然り、『秋期限定栗きんとん事件』（二〇〇九年）のある登場人物の酷薄無類の扱いまた然り……。

一方で『儚い羊たちの祝宴』の登場人物は、全員が読者の共感を拒むように描かれている。無垢はたやすく邪悪に転換するし、弱者はとことん弱者、俗物はとことん俗物として突き放されている。結末で主人公に救いが与えられる場合であっても、そこには何らかの残虐行為が必ず代償として用意される。目的のためにはどんな無慈悲な行為も辞さない登場人物たちの、一切迷いを感じさせない奸計合戦。それは、極彩色の人工的背景の前で繰り広げられる、華麗で無邪気で非情な人形劇のようでもあるし、古代や中世の王朝における、あまりに残酷すぎていっそお伽話にも似た宮廷陰謀のようでもある。読者は純粋に傍観者として、著者が演出した劇を愉しめばいい。読者の感情移入を拒むことによってこそ描ける純粋な悪意というのも、また存在するのである。それは時に、「玉野五十鈴の誉れ」のラスト一行に代表されるような黒い笑いへと展開する。

だが、この悪意の正体とは果たして何だろう。先に引用した著者自身の発言からキーワードを選ぶなら、それは「サヴァイヴァル・ウォー」に行き着くのではないかという気がしてならない。著者の作品には、護身が犯行の動機だったものがあるし、『さよなら妖精』は、ある人物の生存確率の高さを推理する物語だった。『ボトルネック』は、自分が生まれず、逆に死んだ筈（はず）の人物が生きているパラレルワールドが舞台である。『インシテミル』については言わずもがなだろう。米澤作品は基本的に、人生は一度きりであり後戻りは不可能という前提のもと、その中でサヴァイヴァルを望む人々の物語だ（著者自身が作家としてのサヴァイヴァルを意識しているのと同じように）。本書においても、いかに多くの登場人物が生き抜き、自分の場所を確保しようとしていることか。悪意は、その過程で生まれた付随物だとも言える。

世界が悪意に満ちているように見えるほど非情な実体を持つならば、その中でしたたかに生き残ろうという当然の意思も、あるいは悪意に近いかたちをとらざるを得ないのかも知れない。青春小説路線、「日常の謎」路線とは別の流儀で、本書は著者のシビアな世界観を反映した作品集だと言えるのではないだろうか。

（平成二十三年四月、ミステリ評論家）

この作品は平成二十年十一月新潮社より刊行された。

湊かなえ著

母性

中庭で倒れていた娘。母は嘆く。「愛能う限り、大切に育ててきたのに」――これは事故か、自殺か。圧倒的に新しい"母と娘"の物語(ミステリー)。

湊かなえ著

豆の上で眠る

幼い頃に失踪した姉が「別人」になって帰ってきた――妹だけが追い続ける違和感の正体とは。足元から頽(くずお)れる衝撃の姉妹ミステリー！

湊かなえ著

絶唱

誰にも言えない秘密を抱え、四人が辿り着いた南洋の島。ここからまた、物語は動き始める――。喪失と再生を描く号泣ミステリー！

誉田哲也著

ドンナビアンカ

外食企業役員と店長が誘拐された。捜査線上に浮かんだのは中国人女性。所轄を生きる女刑事・魚住久江が事件の真実と人生を追う！

矢樹純著

妻は忘れない

私はいずれ、夫に殺されるかもしれない。配偶者、息子、姉。家族が抱える秘密が白日のもとにさらされるとき。オリジナル・ミステリ集。

望月諒子著

蟻の棲み家

売春をしていた二人の女性が殺された。三人目の殺害予告をした犯人からは、「身代金」が要求され……木部美智子の謎解きが始まる。

儚（はかな）い羊（ひつじ）たちの祝宴（しゅくえん）

新潮文庫　よ－33－2

平成二十三年七月一日発行
令和四年二月五日十九刷

著者　米澤穂信（よねざわほのぶ）
発行者　佐藤隆信
発行所　株式会社新潮社

郵便番号　一六二―八七一一
東京都新宿区矢来町七一
電話　編集部（〇三）三二六六―五四四〇
　　　読者係（〇三）三二六六―五一一一
http://www.shinchosha.co.jp

価格はカバーに表示してあります。

乱丁・落丁本は、ご面倒ですが小社読者係宛ご送付ください。送料小社負担にてお取替えいたします。

印刷・株式会社三秀舎　製本・加藤製本株式会社

ISBN978-4-10-128782-9 C0193